상처가 사명이 되어

- 유아교육인에게 한 줄기 빛이 되기를 희망하며 -

상처가 사명이 되어

발행일   2019년 1월 2일

지은이   고 선 해
펴낸이   손 형 국
펴낸곳   (주)북랩
편집인   선일영   편집   오경진, 권혁신, 최승헌, 최예은, 김경무
디자인   이현수, 김민하, 한수희, 김윤주, 허지혜   제작   박기성, 황동현, 구성우, 정성배
마케팅   김회란, 박진관, 조하라
출판등록   2004. 12. 1(제2012-000051호.)
주소   서울시 금천구 가산디지털 1로 168, 우림라이온스밸리 B동 B113, 114호
홈페이지   www.book.co.kr
전화번호   (02)2026-5777   팩스   (02)2026-5747
ISBN   979-11-6299-463-4 03810 (종이책)   979-11-6299-464-1 05810 (전자책)

이 도서의 국립중앙도서관 출판예정도서목록(CIP)은 서지정보유통지원시스템 홈페이지(http://seoji.nl.go.kr)와
국가자료공동목록시스템(http://www.nl.go.kr/kolisnet)에서 이용하실 수 있습니다.
(CIP제어번호: CIP2018042380)

유아교육인에게 한 줄기 빛이 되기를 희망하며

상처가
사명이 되어

고선해 지음

고난과 시련 속에서도
사명감을 가지고 묵묵히
유아교육인의 길을 걷고 있는 이들에게

고선해 소장이 보내는 위로와 희망의 메시지

북랩 book Lab

유아교육인에게
한 줄기 빛이 되기를 희망하며

　녹록지 않았던 어린 시절과 28년 동안 유아교육인의 삶을 살면서 크고 작은 상처들을 받았습니다.

　상처를 간직한 채 앞으로 나아가기는 힘들었기에 극복하기 위해 늘 치열한 노력을 했고 다행히 많은 부분을 극복할 수 있었습니다.

　상처를 사명감으로 승화시킨 저의 이야기가 상처와 사명감 사이에서 고민하고 아파하고 계신 유아교육인들에게 백신이 되었으면 좋겠다는 마음으로 책을 쓰게 되었습니다.

　그럼 저의 이야기를 시작해 볼까요?

　20대 유치원 교사일 때, 원장을 꿈꾸었지요.

그리고 20대 중반 작은 어린이집을 운영하면서 원장의 꿈을 이루었어요. 힘든 순간도 많았지만, 사랑스러운 아이들과 함께하면서 즐거운 시간을 보낼 수 있었지요.

30대 초반에 원장 교육에 참석하여 원장과 강사라는 두 가지 직업을 가진 강사님을 보며 처음으로 원장 이외의 꿈을 꾸게 되었어요.

'나도 5년 뒤 저렇게 원 운영과 강의를 함께 해야지. 월요일부터 금요일까지는 원장을 하고 주말에는 교육 경험으로 강의하면서 살면 정말 멋지겠는걸?'

생각에 그치지 않고 강의안 앞쪽에 "5년 뒤 나도 원장과 강사를 함께 할 것이다."라고 적었지요.

"글로 쓰면 이루어진다."고 하는 말이 있듯이, 꿈이 현실이 되어 30대 중반에 정말 강사가 되었어요.

40대부터는 유아행복연구소 소장이 되어 강의하고 글을 쓰며 살고 있지요.

강의에 참석하셨던 어느 원장님이 말씀하셨어요.

"소장님은 좋겠어요. 개성이 강한 교사들 때문에 힘들지 않아도 되고, 아이들 사고 날까 봐 걱정 안 해도 되고, 가장 좋은 것은 CCTV 보자는 엄마들도 없으니까요."

원장님의 이야기에 왠지 모를 아픔이 느껴졌어요. 저 또한 원장 시절 많은 아픔과 애로 사항이 있었거든요.

"원장님. 드릴 말씀 있습니다."라고 하면서 힘들어 그만두겠다고 하던 교사들.

"원장님. 민형이 넘어져서 머리에 피 나요. 빨리 병원에 가야 할 것 같아요."

크고 작은 사건·사고들.

"원장님. 오늘 몸이 아파서 차량 운행이 어려울 것 같습니다." 기사님의 전화에 어질어질.

"원장님. 선생님들이 어떻게 이러실 수 있어요?"라며 사소한 일에도 나를 찾아 항의하던 부모님들.

교사들이 출근하지 못하면 교실에 들어가 수업하고, 주방 선생님이 안 나오면 주방에 들어가 아이들 반찬 만들고, 아이들이 다치면 병원으로, 아이 집으로 뛰어다니고…….

원장 시절 크고 작은 사고들이 언제 일어날지 몰라서 아침에 눈을 뜨면 저도 모르게 기도부터 했어요. "하나님. 오늘도 우리 원에서 그 어떤 사건·사고도 일어나지 않도록 지켜주세요."

글을 쓰면서도 어제의 일처럼 느껴지며 저도 모르게 한숨이 나오네요.

교사 시절에는 원장이 되면 아픔이 없을 줄 알았어요. 눈치를 봐야 할 원장님도 안 계시고 마음대로 원을 운영할 수 있다는 생각에 제 세상이 될 줄 알았는데 교사 시절보다 더 많은 아픔을 감당해야 했지요.

소장이 되면 이제는 개성 강한 교사들과 까다로운 학부모가 없으니 큰 아픔은 없을 줄 알았는데 연구소를 운영해도 감당해야 할 무게들이 여전히 있더군요.

"왕관의 무게를 견디어야 한다."는 말이 어떤 의미였는지 살면 살수록 몸으로 느끼고 있어요.

일부 몰지각한 교사와 원장들로 인해, 전체 유아교육인을 곱지 않은 시선으로 보는 현실에 많이 속상해요.

제가 아는 원장님과 교사들은 아이들이 좋아 힘들어도 넘치는 사명감으로 아이들을 교육하고 있다는 사실을 정말 잘 알고 있거든요.

많은 유아교육인이 상처를 받고 다른 직업으로 발길을 돌리고 있는 부분도 안타까워요.

사명감 있는 교육자가 모두 현장을 떠나버리면 어떻게 될까요?

대한민국의 미래를 책임질 유아들을 위해 사명감을 가지고 걸어가는 교육자의 길은 옳습니다.

그러니 부디 포기하지 마세요.

지친 유아교육인에게 조금이라도 힘을 드리고 싶어 이 책을 쓰게 되었습니다.

제1장은 진정한 나를 만나게 해 준 천직인 교사라는 업을 통해 이 시대 유아교육인들의 마음을 바라보는, 유아교육인들의 상처를 바라보는 공감의 거울이 되고픈 마음으로 썼어요.

결핍과 상처가 저를 발전시켰고 그 과정들이 결과로 이어지면서 오늘날 여러 가지 성취들이 있었어요. 그래서 이제는 나의 상처와 결핍에 감사한 마음으로 살아가고 있어요.

지금은 너무 아프지만, 시간이 흐르면 그 상처는 반드시 아물 것입니다.

제2장은 위기 때마다 제 명함을 무모하게 바꾸어 가며, 그 무모함을 기회로 만든 저의 이야기를 전하고자 합니다. 아직도 우리에겐 기회가 많다는 것을 전하고 싶어요.

제3장은 사람에 대한 이야기입니다. 제가 힘들 때마다 다시 일어설 수 있었던 힘은 결국 사람이더군요. 글을 쓰면서 과거를 돌이켜 보게 되었고 제가 이 자리에 오기까지 수없이 많은 이들의 도움이 있었다는 것을 깨닫게 되었지요. 3장을 읽으면서 여러분 곁에도 좋은 분들이 많다는 것을 기억하게 되시면 좋겠어요. 그분들이 얼마나 여러분을 사랑하며 응원하고 있는지 느끼시면 힘을 내실 수 있을 겁니다.

제4장은 상처를 통해 성장한 저의 이야기입니다. 원인 없는 결과는 없습니다. 시련과 상처 뒤에는 반드시 빛나는 축복이 함께한다는 것을 저는 믿습니다. 믿으면 이겨낼 방법이 보이거든요.

제5장은 상처를 극복하는 가운데 자연스럽게 생긴 저의 사명에 대한 이야기에요.

하나님은 저에게 시련도 주셨지만, 넘치는 복과 함께 많은 사명도 주셨다는 것을 알게 되었어요. 세상에는 원래 길이 없었다고 합니다. 한 사람이 걸어가고, 두 사람이 걸어가고, 세 사람이 걸어가면서 차츰 그곳이 길이 되었다고 합니다.

상처가 사명이 된 저의 이야기가 같은 길을 가는 유아교육인들에게 한 줄기 빛이 되기를 희망합니다.

어두운 바다에서 길을 잃지 않도록 도움을 주는 등대를 아시나요? 어두운 바다를 항해하며 불안함을 느끼고 있을 때, 등대의 작은 불빛은 방향 제시와 함께 우리가 안도감을 느끼도록 도와주지요. 그 등대처럼 마음의 어두운 바다에 갇혀 방향을 잃고 힘들어하는 이에게 희망 등대가 되고 싶다는 마음으로 글을 쓰게 되었어요.

이 책을 읽으시는 몇 분 만이라도 다시 힘차게 전진하고 싶은 마음이 생기면 정말 좋겠어요.

사명감을 가지고 현장에서 애쓰고 계신 유아교육인을 응원합
니다.

아자! 아자! 우리 힘내요.

상처가 있는 이들에게 한 줄기 빛이 되기를 희망하며

2018년 12월

고선해

제1장 상처를 열다

제1장은 진정한 나를 만나게 해 준 천직인 '교사'라는 업을 통해 이 시대 유아교육인들의 마음을 바라보는, 유아교육인들의 상처를 바라보는 공감의 거울이 되고픈 마음으로 썼어요.

결핍과 상처가 저를 발전시켰고 그 과정들이 결과로 이어지면서 오늘날 여러 가지 성취들이 있었어요. 그래서 이제는 나의 상처와 결핍에 감사한 마음으로 살아가고 있어요.

아이들을 통해 발견하게 된
나의 상처

어린 시절, 어른들이 크게 눈치를 주지 않아도 늘 주눅이 들어 있었던 나. 내 생각조차도 잘 표현하지 못했다. 친구들과 싸우다가도 항상 먼저 우는 쪽은 나였다. 친구들과 싸우면 말보다 눈물이 먼저 나왔다. 싸움에 지고 집으로 돌아온 날이면 이불을 뒤집어쓰고 고래고래 소리를 질렀다.

"목소리만 크면 다냐? 오늘은 눈물이 나와서 내가 한 번 봐준 거야! 다음에는 절대로 안 봐줘. 각오하는 것이 좋을 거야!"

학교에서 선생님이 질문하셨을 때 답을 알고 있어도 자신감이 부족해 손을 들지 못하고 망설였다. 옆에 친구가 발표하고 칭찬을 받으면 '고선해 바보. 알면 손을 들고 대답을 했어야지. 너는 왜 그리 자신감이 없니?'라고 하면서 스스로를 책망했다. 그뿐만 아니라 엄마, 아빠가 싸워도 언제나 나의 탓인 것만 같았다.

'너 때문에 또 싸우시는 거야. 제발 좀 잘해라. 고선해.'라며 모든 것을 나의 탓으로 돌리는 것이 습관이 되어 있었다.

기질 검사나 성격 유형 검사 등에서 외향적인 기질이 높게 나오면 나는 검사가 잘못되었다고 생각했다. '늘 자신감이 없고 자기 생각도 표현 못 하는 내가 외향적인 기질일 리 없어.'라고 하면서 검사 결과를 부정했다.

내가 내향적인 기질이 아니고 외향적인 기질임을 알게 된 것은 유치원 교사를 하면서부터였다. 유치원 교사는 직업적 특성상 아이들 앞에서 온몸으로 수업을 해야 했다.

일 년에 몇 번씩 부모님들을 모시고 참여 수업을 진행하는데, 자꾸 앞에 서다 보니 자연스럽게 나의 내면에 있던 외향적 성향과 나도 모르던 기질들이 툭툭 튀어나왔다. 아이들 수업이나 행사 시 잠재된 능력이 발휘되는 날들이 많아졌다. 원장님이나 부모님들의 칭찬으로 만족감이 큰 날이면 해맑은 미소를 지으면서 어이없이 자문자답까지 했다.

'고선해! 엄마들 놀라는 얼굴 봤어?'

'어! 봤어. 나의 재능에 조금 놀라신 듯.'

'너, 무대 체질이었어?'

'그럴 리가.'

'아이들 앞에서도 완전 개그우먼처럼 행동했잖아.'

'재미있게 해야 아이들이 좋아하니까 조금 오버를 해 준거지.'

교사를 하면서 점점 변해가는 나의 모습이 가끔 낯설었지만, 기질대로 살다 보니 삶이 즐거워졌다. 개성이 넘치는 아이들과 함께하는 시간은 힘들었지만, 아이들의 웃음소리와 함께하면서 가슴이 터질 것 같은 행복함을 느끼는 순간들이 훨씬 많았다.

우리 반 아이들은 나를 닮아 다른 반보다 유난히 밝은 아이들이 많았다. 민정이라는 아이만 빼고.

민정이는 평소 친구들과 어울리는 것을 힘들어하고 자신의 의사도 표현하지 않는 아이였다.

그런 민정이를 볼 때면 안타까워서 다른 아이들보다 마음이 더 많이 갔다.

어느 날 아침이었다. 자유 선택 활동 시간에 민정이가 인형을 가지고 놀고 있었다.

그런데 개구쟁이 대진이가 민정이 곁으로 다가왔다. 대진이는 평소 민정이를 만만하게 생각하던 아이라 왠지 불안한 마음이 들었다.

아니나 다를까, 대진이는 민정이 손에 들려 있던 인형을 빼앗아 달아나 버렸다. 민정이는 다른 아이들과 달리 달려가 인형을 뺏거나 싸우지 않았다. 교사인 나에게 도움을 요청하지도 않았다.

조용히 일어나 아이들이 없는 교실 구석으로 가더니 쭈그리고 앉아 어깨를 들썩이며 울기 시작했다. 자신의 울음소리를 듣기 싫은지 한 손으로 입을 틀어막고 한 손으로 흐르는 눈물을 닦았다.

민정이를 보면서 어린 시절의 내 모습이 겹치면서 한동안 멍하니 서 있었다. 민정이처럼 나도 울고 있었다. 나도 모르게 나의 내면아이와 직면을 하게 되면서 당황스러웠다. 마음을 추슬렀다. 나는 교사이니 민정이를 도와주어야 했다. 볼을 타고 흐르는 눈물을 닦고 민정이 옆에 쭈그리고 앉았다.

"민정아. 선생님이 장난감 다시 가져다줄까?"

민정이는 고개를 저었다.

"그럼 다음에 대진이가 인형 또 빼앗아도 괜찮아?"

"……"

친구에게 인형을 빼앗기고 돌려 달라는 말도 못 하고 선생님께 도움을 요청하지도 못하며 숨죽여 우는 민정이를 보면서 내 속이 검게 타들어 갔다.

'대답이라도 좀 하지.' 어린 시절의 나를 닮은 민정이를 보면서 답답한 마음이 들었다. 답답한 마음이 밖으로 표출되면서 내 목소리 톤이 점점 더 커지고 있었다.

"친구가 인형을 빼앗아 가면 안 된다고 말해야지. 아니면 선생님께 도움을 요청하거나. 왜 다른 아이들이 너를 함부로 하도록 두는 거야? 그리고 잘못한 것도 없는데 왜 여기 숨어서 울어? 네가 도움을 요청하지 않으면 어려움을 당했을 때 누가 너를 도와줄 수 있겠어?"

나의 목소리 톤이 커지자 민정이의 커다란 눈이 더 커지면서 겁에 질린 표정을 지었다.

민정이의 표정을 보고 마음을 추스르기 위해 심호흡을 크게 한 후, 나는 말을 이었다.

"민정아. 사실 선생님도 어렸을 때 친구에게 장난감을 뺏기고 아무 말도 못 한 적이 많았어. 장난감을 뺏기고 아무도 없는 곳에 가서 입을 막고 울었어. 선생님 정말 바보 같지?"

대답이 없던 민정이가 아주 작은 소리로 드디어 말문을 열었다.

"정말이요?"

"정말이야. 그래서 친구들이 자꾸 선생님을 더 힘들게 했어. 지금 민정이를 보니까 갑자기 선생님 어린 시절이 생각나서 흥분했어. 미안해."

민정이가 조금씩 나와 시선을 맞추고 나의 이야기에 귀를 기울이기 시작했다.

"선생님도 어린 시절 다른 사람에게 도움을 요청하지 못했어. 그래서 어른이 된 지금 너무 후회스러워. 선생님이 도움을 요청했다면 누군가 도와주었겠지?"

"네."

"그러니까 민정이도 오늘처럼 억울한 일이 있거나 도움이 필요하면 선생님께 도움을 요청해야 해. 오늘은 선생님이 민정이가 인형을 뺏기는 것도 보고, 이곳으로 온 것도 봤으니까 도움을 줄 수 있었어. 다음에는 선생님이 모를 수도 있잖아."

진심이 담긴 나의 이야기를 들으면서 민정이의 눈빛에 작은 움직임과 반짝거림이 느껴졌다.

나는 찰나를 놓치지 않고 계속 말을 이어 나갔다.

"선생님이 오늘 도와줄게. 우리 대진이에게 가서 이야기하자."

"뭐라고 이야기해요?"

"대진이 성격에 오늘은 말을 해도 주지 않을 수 있어. 그러니 이렇게 말하자. '오늘만 봐줄게. 다음에는 차례를 지켜. 내가 장난감을 가지고 놀고 있을 때 빼앗아가지 않았으면 좋겠어.'라고 너의 생각을 이야기하자. 옳지 않다는 것을 알려주어야 다음에는 오늘과 같은 행동을 하지 않을 거야."

"대진이를 보면 무서워서 말이 안 나올 것 같아요."

"선생님이 도와줄게. 어서 일어나."

민정이는 자신과 같은 어린 시절을 보냈다는 나의 이야기에 마음의 문이 열리고, 선생님이 도와주겠다는 이야기에 용기가 생겼는지 드디어 일어났다.

그날 이후 민정이는 자신의 의견을 표현하려고 조금씩 노력했다. 자기 생각을 표현해야 친구들이 함부로 대하지 않는다는 것을 느끼면서 차츰 표정도 밝아지고 말수도 많아지기 시작했다.

민정이의 변화를 보면서 자존감이 낮은 아이들을 어떻게 도와줄까 나는 늘 고민하게 되었다.

어린 시절 내 생각을 당당하게 표현하지 못하면서 억울한 일도 많았고 마음도 아주 아팠기에 고민하다 보니 유아들이 자기 생각을 당당하게 표현할 수 있도록 돕는 발표력 수업의 다양한 교수법들이 탄생하게 되었다.

결핍과 상처가 나를 발전시켰고 그 과정들이 결과로 이어지면서 오늘날 내가 하는 일이 된 것이다. 그래서 이제는 나의 상처와 결핍에 감사한 마음으로 살아가게 되었다.

유아기 아픈 추억
세 가지

10년 전, '상처 치유'라는 세미나에 참석을 한 적이 있었다.

"저마다 즐겁고 아름다웠던 유년 시절이 있죠? 오늘은 유아기에 기억나는 즐거운 추억을 그림으로 그려 보세요."

강사의 이야기에 기억을 떠올려 보려 노력했다. 그러나 아무리 머리를 쥐어짜도 어린 시절에 있었던 즐거운 추억은 떠오르지 않았다.

그날 즐거운 추억은 그릴 수 없었고 아픈 추억의 그림 세 장을 그려야 했다.

친엄마가 손수레에 살림을 싣고 울면서 집을 나서고, 나는 몸부림치면서 울고 있는 그림. 아버지가 새엄마를 데려와 '엄마'라고 부르라고 하는데 "엄마 아니야!"라고 하면서 벽을 보고 울던 그림. 새엄마랑 살고 있는데 친엄마가 찾아와 나에게 선물로 주신 우산을 받았다가 아빠에게 꾸중을 듣던 그림. 그림을 그리면서 눈물이 멈추지 않았다. 모두 잊고 있었던 일들인데 그림을 그리면서 가슴이 욱신거렸다.

마흔 살이 된 나에게 찾아온 다섯 살의 선해는 하염없이 눈물을 흘리고 있었다.

강사님은 아픈 추억을 그린 사람은 어린 시절의 자기를 안아주면서 위로의 말을 직접 해 주라고 했다. 40살이 된 선해는 5살 선해를 안아주면서 이렇게 말했다.

"선해야. 눈치 보지 말고 이제 마음껏 울어. 이제 억지로 눈물 참지 마. 새엄마가 너에게 차가운 시선을 보내면 너는 아무도 없는 곳으로 가서 입을 틀어막고 울었었지. 새엄마의 작은 말 한마디에도 상처를 받고 많이 아파하면서 청소년 때는 기억 상실증에 걸리고 싶다는 생각까지 했었지. 네가 울면 엄마, 아빠가 싸우니까 울고 싶어도 소리 내서 울지 못하고 아무도 없는 담벼락에 앉아서 숨죽여 울었지. 이제 그러지 않아도 되니까 마음껏 울어. 5살 선해야. 잘 견디어줘서 정말 고마워. 힘들어서 포기하고 싶었던 유혹들을 이기고 여기까지 잘 왔어. 토닥토닥."

그날 나는 원 없이 울었다. 세미나의 목적이 '상처 치유'였기에 마음껏 울어도 누구도 개의치 않았다. 세미나가 진행되는 동안 많은 치유를 받았다.

나 말고도 우는 사람들이 꽤 많았다. '나만 아픈 기억이 있는 것은 아니구나.'라는 생각이 저절로 들었다.

상처 치유 세미나를 통해 나의 과거와 소통을 하면서 알게 되었다. 어린 시절의 추억이 성인이 되어 얼마나 큰 영향을 미치는지 말이다.

'나의 아들과 딸은 이런 실습을 할 때 어떤 추억을 그리게 될까?'라는 질문을 나에게 하면서 그동안 일한다는 핑계로 아이들과 추억 쌓는 시간을 미루며 살았다는 것을 깨닫게 되었다. 그리고 작은 다짐을 했다.

'아이들이 너무 크기 전에 아름다운 추억들을 많이 선물해 주자. 시간은 우리를 기다려 주지 않으니까. 아이들이 더 자라기 전에 함께하는 시간과 특별한 일상의 추억들을 선물로 주어야겠다.'

며칠 뒤에 비가 왔다. 8살 딸 수민이와 우산을 쓰고 집으로 가는 길이었다. 빗물이 고인 웅덩이가 보이자 수민이가 말했다.

"엄마. 저기 물웅덩이에서 첨벙첨벙하면 재미있을 것 같지 않아요?"

"그래. 재미있겠다. 우리 해 볼까?"

"정말이요? 옷 버리면 어떻게 해요?"

"빨면 되지."

"수민아. 엄마가 '시작' 하면 우리 같이 다다다 소리를 내면서 물웅덩이로 달려가는 거야. 알았지? 시작!"

"우아. 재미있겠다. 다다다. 하하하."

수민이와 손을 잡고 움푹 파인 물웅덩이를 찾아다니면서 물을 튀기며 뛰어다녔다. 수민이가 깔깔거리며 좋아하자 나도 아이처럼 즐거워졌다. 우리는 그렇게 동네 한 바퀴를 돌면서 물웅덩이를 찾았고 30분 이상 놀다 들어왔다. 샤워 후 수민이가 상기된 목소리로 말했다.

"와! 오늘 정말 행복하다. 엄마도 행복해요?"

"우리 수민이가 행복해하니까 엄마는 더 행복해."

"그럼 비 오면 또 해요."

"그래."

"와! 우리 엄마 최고! 난 엄마가 세상에서 제일 좋아요. 다음에도 꼭 엄마 딸로 태어날래요."

"왜?"

"우리 엄마는 재미있으니까. 그리고 아이들 마음을 잘 알아주니까."라고 말하면서 나의 품에 안기며 좋아했다. 우리는 그 이후로도 비가 오면 약속한 듯이 동시에 밖으로 나갔다. 손을 잡고 웅덩이를 골라 빗물이 고여 있는 물을 발로 차면서 즐거운 시간을 보냈다.

19살이 된 수민이는 지금도 한 번씩 비가 오면 그 시절을 이야기하면서 깔깔거린다.

나 또한 빗물이 고인 웅덩이를 보면 그 시절의 추억이 떠오른다.

당시 나는 원 운영을 하고 있었기에 늘 일에 치여 살면서 아이들과 함께할 수 있는 시간을 뒤로 미룬 적이 많았음을 알게 되었다. 그래서 우리 아이들에게 좋은 추억을 선물해 주어야겠다고 결심하게 되었고 실천으로 옮겼다. 아이들과의 추억 쌓기 시간을 미루고 살았음을 알게 된 것은 교육을 받으면서 얻은 큰 수확 중 하나이다. 또한 상처 치유 세미나는 팀원들끼리 상처를 나누면서 내면에 있던 아픔들이 조금씩 치유되는 계기가 된 고마운 강의였다.

원장님은
공주병

원장 시절에 있었던 일이다. 분기별로 부모님들을 모시고 행사를 했고 난 그때마다 특별한 인사를 준비했다. 매번 다른 내용의 인사로 부모님들의 관심을 끌기 위해 몇 날 며칠을 준비하여 원고를 쓰고 수십 번 연습까지 했다. 100여 명이 모인 부모님들 앞이라 긴장은 되었지만, 예쁜 미소를 지으면서 인사했다.

"아이들과 함께 있어 무한한 꿈을 꾸는 원장……."

인사 초반부를 말하는데 평소 부정적인 표현을 자주 사용하던 진아 엄마가 "헉!" 소리를 내는 게 아닌가.

인사 도중이라 당황스러움을 감추면서 용기를 내어 준비한 인사말을 이어 나갔다.

"자타가 공인하는 천직 속에 늘 행복한 원장."

그런데 이번에도 진아 엄마는 "헉!" 소리를 냈다.

진아 엄마의 '헉' 소리에 점점 더 당황이 되면서 머리카락이 곤

두서고 표정 관리가 쉽지 않았다. 그렇지만 인사를 도중에 멈출 수 없기에 또다시 용기를 내어 마지막 멘트를 이어나갔다.

"하나님이 주신 웃음이라는 달란트를 잘 활용하며 사는 원장 고선해. 예지 부모님들의 힘찬 박수와 환호성까지 기대하며 인사드립니다."

평소와 또 다른 인사에 다른 부모님들은 함성과 함께 박수를 쳐 주었다. 진아 엄마만 묘한 표정으로 나를 빤히 바라보았다.

행사 후 돌아가시는 부모님들과 인사를 나누는데 진아 엄마가 나의 곁으로 다가왔다.

순간 표정 관리를 어떻게 해야 하나 고민하고 있는데, 진아 엄마는 "아휴! 우리 원장님. 공주병."이라고 말하면서 인사 대신 내 어깨를 툭 치고 지나갔다. 나는 당황하여 아무 말도 못 하고 그 자리에 얼음이 되어 서 있었다.

그날 저녁에도 진아 엄마가 한 말과 표정이 뇌리에서 떠나지 않았다.

잠을 쉽게 이룰 수가 없었다. "헉!" 소리가 귓가를 맴돌았다.

'고선해. 정신 차려. 진아 엄마가 한 말에 뭐 그리 신경을 쓰고 잠을 못 자니? 진아 엄마는 지금쯤 아주 잘 자고 있을걸? 너 혼자 지금 뭐 하는 거야? 잠도 못 자고 밥도 제대로 못 먹고……'

긍정의 말로도 정신이 안 차려져 나를 책망하는 말을 쏟아냈다.

한참을 뒤척이며 잠을 이루지 못하다가 얼마 전 읽었던 책의 구절을 큰소리로 10번 외친 후 억지로 잠을 청했다.

"내가 상처받지 않기로 결심하면 아무도 나에게 상처를 줄 수 없다."

며칠 뒤 찾을 물건이 있어서 자료실에 갔는데 이옥자 선생님이 자료실 한쪽 구석에 앉아 수건으로 입을 틀어막고 울고 있었다.

항상 밝은 모습에 교육도 잘하는 성실한 교사여서 아이들과 부모님들께 인기가 최고인 선생님이었다. 나 또한 예뻐하던 선생님이 울고 있으니 가슴이 철렁했다.

"선생님. 무슨 일 있어요?"

"어머! 원장님."

선생님은 나를 보더니 깜짝 놀라 눈물을 닦기 바빴다.

"무슨 일이에요? 우리 이옥자 선생님이 이렇게 울 정도면 보통 일이 아닌데. 도대체 무슨 일로 이렇게 울고 있는 거예요? 내가 도와줄 수 있는 일이면 도와줄게요."

"아니에요. 별일 아닌데 원장님이 신경 쓰시게 해서 죄송해요."

말을 안 하겠다는 선생님을 겨우 설득시켜서 선생님이 울고 있는 이유를 들을 수 있었다.

진아가 지난 주 금요일에 원에 오지 않아서 진아 엄마가 월요일에 통신문을 챙겨서 보내 달라고 했단다. 그런데 선생님이 아이들 하교 시간에 쫓겨 깜박 잊고 통신문을 못 보냈는데 진아 엄마는 전화로, "선생님. 우리 아이에게 관심이 없으신 것 같아요. 그리고 젊은 선생님이 정신이 없으시네요. 그렇게 정신이 없는 분이 교육은 제대로 하고 계신 것 맞아요?"라고 말했다는 거다.

진아 엄마가 한 말을 나에게 전하면서도 선생님은 계속 울었다.

나에게 상처 준 것도 모자라 우리 원의 선생님에게까지 상처를 주었다고 생각하자 더욱 속이 상했다.

얼마 뒤 또 다른 행사가 있어 부모님들이 원으로 오셨다. 행사시에는 매번 다른 인사말을 했는데 이번에는 진아 엄마를 의식하고 바꾸지 않았다. 오늘도 진아 엄마는 앞자리에 앉았다.

"오늘은 제가 새로운 인사 원고를 준비하지 못해서 지난번 행사와 같은 내용으로 인사를 드리겠습니다. 아이들과 함께 있어 무한한 꿈을 꾸는 원장, 자타가 공인하는 천직 속에……."

처음부터 끝까지 진아 어머님만을 바라보면서 인사했다. 진아 엄마는 자신을 바라보며 웃는 얼굴로 다가오는 나를 보며 당황해 했다. 그리고 나의 끝나자 당황스러움이 역력한 표정과 함께 박수를 쳤다. 진아 엄마의 당황한 모습에 왠지 속이 시원해졌다.

행사를 끝내고 돌아가는 부모님들께 인사를 하고 있는데 진아 엄마가 또 나에게 다가왔다.

"진아 어머님. 안녕히 가세요."라고 인사하자, "아휴! 원장님. 오늘도 공주병 인사 여전하시네요." 하면서 또 내 어깨를 툭 쳤다. 그러나 이번에는 전처럼 당황하지 않고 진아 엄마에게 환한 미소를 보냈다.

그런 후 나도 진아 엄마의 어깨를 툭 치면서, "진아 어머님. 공주가 공주를 용납하지 못한다는 이야기를 혹시 들어보셨나요? 어머님 안에도 고선해가 있어요. 우린 둘 다 같은 공주과랍니다." 라고 밝은 목소리로 말했다. 그리고는 진아 엄마가 어떤 반격을 날릴지 몰라 얼른 돌아섰다.

돌아서니 원 유리문으로 진아 엄마의 모습이 보였다. 진아 엄마는 지난번의 나처럼 어이가 없어 걸음을 떼지 못하고 얼음이 되어 그 자리에 서 있었다.

난 그런 진아 엄마를 보면서 나에게 이렇게 외쳤다.

'오늘은 고선해 승!' 그리고 이어서 혼잣말을 중얼거렸다.

"책은 역시 옳아."

진아 엄마에게 상처받고 잠 못 이루던 밤, 책을 폈더니 이러한 내용이 있었다.

"부정적인 사람을 부정으로 이길 수는 없다. 부정적인 사람에게는 긍정으로 다가서야 한다. 긍정이 부정을 이긴다." 난 책을 읽고 멋지게 실천했다. 그날은 긍정이 부정을 이긴 날이었다.

33년 만에 용서한
아버지

2005년 지인의 소개로 한국웃음연구소 웃음 치료 지도자 프로그램에 참여하게 되었다. 단순한 웃음 치료 강의가 아니었다. 희로애락 프로그램을 통해 마음을 치유하고 33년 동안 용서하지 못했던 아버지도 용서하게 되었던 귀한 강의였다. 2박 3일의 일정을 마치고 돌아와 돌아가신 아버지에게 편지를 썼다.

아빠.

하늘나라에서 잘 지내고 계시나요? 그곳에서는 평안하신가요? 아니면 남겨진 우리 걱정에 더 힘들게 살고 계신가요? 이제 우리 걱정은 말고 평안하게 쉬세요.

나는 38살, 정욱이는 34살, 아빠가 돌아가실 때 4학년이었던 막내도 올해로 30살이 되었네요.

정욱이는 아들만 셋, 정만이는 딸만 셋, 저는 아들과

딸 두 남매를 키우고 있어요. 경제적으로 아주 넉넉하지는 않지만 모두 행복하게 잘 살고 있어요. 엄마도 건강하게 잘 지내고 계세요.

아빠가 가장 궁금해할 정준이 소식은 몰라요. 어딘가에 살아있으면 정준이 나이도 36살이 되었겠네요. 9살 때의 모습이 마지막이어서 36살이 된 동생의 모습은 상상이 안 되네요.

정준이도 우리처럼 결혼했을까요? 아니면 아직 혼자 살고 있을까요? 잘 살고 있을까요? 아니면 입양된 상처를 끌어안고 힘든 시간을 보내고 있을까요?

우리는 잘 살고 있으니 걱정하지 마시고 그곳에서라도 정준이의 행복을 빌어 주시고 그 불쌍한 아이를 지켜 주세요. 저는 이제 아빠를 용서하려 하지만 정준이는 아빠를 평생 증오하며 살지도 몰라요.

오늘은 지인의 소개로 2박 3일 웃음 치료사 과정에 다녀왔어요.

웃음이 경쟁력이 될 수 있다는 사실과 다른 이에게 위로와 행복을 줄 수 있다는 사실을 알았어요. 그래서 이제는 웃음을 체계적으로 배워 아이들 교육에 접목하고 싶다는 목적으로 다녀왔어요.

그런데 그 목적보다 더 큰 성과를 얻게 되었어요.

　2박 3일 프로그램 중에 '희로애락'을 몸으로 체험하는 시간이 있었어요. 제일 처음 진행했던 내용은 화를 내는 것이었어요. 나에게 큰 상처를 주어서 절대로 용서할 수 없는 한 사람을 생각하라고 하더군요. 제가 용서할 수 없었던 사람은 바로 아버지였어요.

　나를 낳아주신 엄마와 우리를 떨어트려 놓고 동생을 미국으로 강제 입양시킨 아버지니까요.

　진행자는 신문을 한 장씩 나누어 주면서 용서가 안 되는 사람이라 생각하라고 했어요. 조금 잔인하긴 하지만 오늘은 마음껏 원망하고 미워해야 하는 것이 미션이라고 하면서 신문을 마구 구기고 찢으라고 하셨죠. 화를 가슴에 묻어 두지 말고 마음껏 입 밖으로 표현하라고 하더군요. 처음에는 진행자의 지시를 따르기 어려웠어요.

　화를 밖으로 표출하는 일은 제게 매우 어려운 일이었어요.

　어렸을 때부터 마음을 표현하지 못하고 살았고 교사, 원장, 엄마, 아내의 자리에서 힘들 때도 가슴 속으로 끌어안고 살아야 하는 시간이 많았어요.

주위를 보니 일부 청중만 지시대로 따르고 저처럼 망설이는 사람들이 많더군요.

강의장의 불을 완전히 끄고 음악을 틀어주자, 강사의 지시에 따라 용서하지 못한 이에게 화를 내는 사람들이 많아졌어요.

처음에는 소리를 지르면서 신문을 찢고 구기면서 화를 냈어요. 한참 후 화가 울음소리로 바뀌어 갔어요.

가슴 속에 있는 미운 사람에게 화를 내다가 그 화가 원망으로 바뀌고 또다시 상처로 바뀌면서 눈물이 되었던 거예요.

저 또한 마찬가지였어요. 그동안 소리 내어서 하지 못했던 많은 말을 쏟아 내기 시작했어요.

아빠는 너무 무책임해요. 우리에게 상처를 주고 이렇게 먼저 떠나시다니.

어떻게 자식을 둘이나 낳은 아내를 버리고 재혼하실 수 있어요? 자식과 생이별하고 평생 가슴앓이하면서 살아야 하는 엄마의 마음을 한 번쯤 생각해 보셨나요? 조강지처에게 상처를 주어 미안하다고 마음이 담긴 사과는 하셨나요?

정준이는 어떻고요. 사랑받아야 할 나이에 큰집으로 가서 살면서 얼마나 외로웠겠어요. 집에 와서 살 때도 마찬가지예요. 정준이가 원하는 것은 사랑이었는데 아빠는 집 나간다고 매일 혼내고, 새엄마는 소리 지르고, 누나인 저도 따뜻하게 그 아이를 품어주진 못했어요. 사랑이 그리워 울고 마음이 안정되지 않아 집을 나갔을 텐데. 우리는 그 아이의 마음을 헤아려 주지 못했지요. 원인 제공을 한 어른들은 죗값을 받지 않고 죄 없는 그 아이에게 가혹한 형벌을 주었지요. 해외 입양이라는. 어른들이 힘들다고 말도 안 통하는 미국으로 어떻게 입양을 보낼 수가 있어요? 그 아이가 어떤 마음으로 그곳에서 하루하루를 살아가고 있을지 상상이나 해 보셨어요? 정말 정준이를 위한 결정이었나요? 가슴에 손을 얹고 생각해 보세요. 그건 절대로 정준이를 위한 결정이 아니었어요. 어른들이 편히 살자고 한 결정이었지.

저는 엄마, 아빠의 눈치를 보면서 슬퍼도 소리 내어 울지도 못하고 아무도 없는 곳에 가서 입을 틀어막고 울었던 날들이 많았어요. 아픈 아빠가 더 힘들까 봐 웃고 싶지 않아도 웃으려 노력했어요. 수면제를 먹고 자살을 시도한 적도 있었고, 기억 상실증에 걸리고 싶어 머리를

벽에 박으면서 운 시간도 많아요. 상처를 기억하기 싫어 억지로 누르며 잊고 살았는데 오늘 프로그램을 통해 바닥에 가라앉아 있던 상처가 회오리를 치면서 가슴에서 목구멍으로 올라오네요. 울다 보니 목구멍이 찢어질 것 같고 가슴이 곧 터질 것 같은 고통이 오네요.

아버지를 마음껏 원망하고 나서 화가 서러운 눈물로 바뀌더군요. 참석한 사람들의 화가 흐느낌으로 변하자 음악도 슬픈 음악으로 바뀌었어요. 진행자는 찢기고 구겨진 신문이 널린 강의장 바닥에 아무렇게나 누워서 울라고 했어요. 눈물이 한 방울도 안 나올 때까지.

불을 끈 상태였기에 강의장은 암흑 속이라 옆 사람도 보이질 않았어요. 흐느끼는 사람들 사이로 스태프들이 조심스럽게 오가며 티슈를 나눠주었어요.

얼마 후 흐느낌의 소리가 잦아들자 이번에는 춤을 추라고 경쾌한 음악을 틀어 주더군요.

춤을 추기보다 음악 소리에 몸을 맡기고 마음껏 표현하라고 했어요. 이 또한 아주 작은 불빛만 있는 상황 속에서요.

평소 춤에 자신이 없는 제가 아마 불을 켜고 춤을 췄어야 했더라면 이 미션은 수행하지 못했을 것 같아요.

그러나 어두운 분위기에서 용기가 생겼고 경쾌한 음악에 맞추어 몸이 시키는 대로 움직이다 보니 차츰 기분이 나아지면서 눈물은 사라지기 시작했어요.

음악에 맞추어 실컷 몸을 흔들고 난 후 불을 환하게 켰는데 정말 모두 가관이었어요. 울었으니 화장은 지워지고, 몸부림을 쳤으니 옷 상태나 머리 상태가 아주 볼 만했지요.

망가진 서로의 모습을 보면서 웃으며 생각했어요.

'상처 없는 사람은 없구나. 저마다 크고 작은 아픔들이 있는데 가슴에 묻고 살아내고들 있었구나.' 모두가 아픔을 가지고 있다는 사실만으로 나의 억울함이 조금은 줄어들었어요.

웃음 치료 프로그램의 미션을 수행하며 시원하게 웃고, 함께하는 사람들의 웃음소리에 또 웃고. 태어나서 안 쉬고 25분을 웃어 본 것은 처음이에요. 혼자 웃으면 2분도 웃기 어려웠겠지만 웃음 친구들과 함께 웃으니 25분을 웃게 되더라고요.

실컷 화를 내고, 마음껏 울고, 신나게 춤을 추면서 즐긴 다음 웃었던 웃음이라 그런지 마음에 응어리졌던 아폼들이 치유되는 것을 느낄 수 있었어요.

웃음 치료 후 내 마음과 소통하며 상처를 준 사람을 용서하는 편지를 쓰게 했어요. 아버지께 편지를 쓰면서 마음이 평안해지고 아빠를 용서할 수 있을 것 같다는 생각이 들었어요.

그런 미션이 아니었다면 이렇게 아버지께 편지를 쓸 일은 없었겠지요.

아버지를 용서하기로 마음먹고 집으로 돌아와 아빠에게 미처 하지 못했던 말까지 쓰고 있습니다.

이제는 아빠를 그만 용서하려 합니다. 우리에게 상처를 주고 재혼하셨지만, 그렇게 많이 행복하지 못하셨지요. 장남을 해외로 입양 보내고 비행기만 뜨면 하늘을 올려다보면서 가슴을 치며 후회해야 했고 술로 고통을 이기다 병을 얻어 6년이나 투병 생활을 하셨으니. 하나님이 주신 형벌인지, 아빠 스스로 준 형벌인지 난 알 수 없지만 충분한 죗값을 치른 것일 수도 있는데 저까지 아빠 가슴을 아프게 했네요.

아빠를 진정으로 용서하는 데 33년이나 걸렸네요. 제가 아빠를 미워해서 많이 아프셨죠? 철이 이제야 드나보네요. 조금 더 일찍 용서하지 못해 죄송해요. 아빠를 진정으로 용서하고 이제는 저도 조금 더 행복한 삶을 선택하려 합니다. 누군가를 미워하는 일은 자신부터 괴롭히는 일이니까요. 이제는 계신 그곳에서 조금이라도 평안해지시면 좋겠네요.

2005년 5월

아빠 딸, 선해 올림

원장님, 드릴 말씀 있어요

"원장님, 드릴 말씀 있어요."

교사들이 얼굴에 잔뜩 안개를 드리우고 낮은 목소리로 '드릴 말씀'이 있다고 할 때면 정말 무섭다. 그만둔다는 이야기일 경우가 많기 때문이다.

"드릴 말씀이 뭘까요? 이야기해 보세요."

"아무래도 이번 달까지만 일하고 퇴사해야 할 것 같아요."

"왜요?"

"몸도 너무 힘들고, 까다로운 부모님들 상대하는 것도 힘들어요. 다른 교사를 구할 때까지만 근무하겠습니다. 허락해 주세요."

그럴 때는 일단, 지친 교사의 마음을 읽어주는 것이 먼저이기 때문에 손을 잡고 공감과 위로의 말을 건넨다. 힘든 마음을 읽어 주면서 손을 잡아 주는 순간 눈물을 펑펑 쏟는 교사도 많았다.

나도 교사 시절 크고 작은 일들로 그만두고 싶다는 생각을 여

러 번 했었다. 그래서 힘들어하는 선생님들의 마음이 어느 정도
는 이해되기에 마음을 담아 상담해 주었다. 착하고 여린 선생님
들이 대부분이어서 마음을 읽어준 후 이야기를 나누면 다시금
힘을 내어 뜻을 돌린다.

원장을 하면서 제일 무서웠던 말이 교사들이 어두운 표정으로
들어와 "드릴 말씀 있어요."라고 할 때였다. 그게 왜 무서운지, 현
장에 있지 않은 사람들은 모른다.

일단 도중에 교사가 그만두게 되면 아이들이, "원장님. 우리 선
생님 왜 안 와요?" 하면서 선생님을 찾는다.

부모님들도 교사가 중간에 바뀌는 것을 원치 않기 때문에 원
장 입장에서 수습해야 할 일들이 많았다. 무책임하게 그만두는
교사가 있을 경우 원의 분위기도 한동안 어수선해졌다.

새로운 교사와 다시 손발을 맞추고 서로의 성향을 파악해 가
며 함께 적응해야 하는 부분도 힘들었다.

강의를 하면서 현장에서 만난 원장님들 또한 제일 무서워하는
말은 교사들이 학기 도중에 "드릴 말씀 있습니다."라고 할 때였다
고 입을 모아 말한다.

교사들이 학기 도중에 "드릴 말씀 있습니다."라고 말하는 이유
는 정말 다양하다.

제일 많은 이유는 부모들로부터 과도한 요구를 들었거나, 까다로운 성향의 엄마들을 만나게 될 때다.

아이들이 작은 상처라도 생기면 아빠까지 함께 와서 "선생님은 교실에서 아이들 다치는 것도 모르고 뭘 하신 거예요?"라고 따지는 경우도 있었다(아이가 워낙 활동적이라 가정에서도 수시로 다치는 경우의 부모들이 더 그럴 때가 많았다).

"우리 아이는 삼대독자라 특별히 신경을 더 써주셔야 해요."

"우리 아이는 예민해서 조금이라도 심한 말을 하시면 안 돼요."

"작년 선생님은 아이가 엄청나게 좋아했는데 올해 선생님과는 궁합이 안 맞나 봐요."

이렇듯 작년 교사와의 비교는 기본이고 심지어 "제가 팔을 다쳐서 아이를 씻길 수가 없는데 선생님이 좀 씻겨서 보내주시면 좋겠어요."라며 부모가 신경 써야 할 일을 담임에게 전가하기도 한다.

요즘 교사들의 애로 사항 중 가장 큰 부분은 아이의 말만 듣고 다짜고짜 CCTV부터 보자고 하는 부모들이라고 한다.

원장 시절, 학기 도중에 교사들에게 도중하차한다는 이야기를 듣기 싫어 신학기가 되기 전에 항상 교사 오리엔테이션을 1박 2일로 진행했다. 분주한 신학기를 잘 보내기 위해서는 팀워크가 중요하기에 1박을 하면서 맛있는 것도 먹고, 서로를 알아가는 다양한 프로그램을 진행했다.

교사 오리엔테이션 마무리 부분에 나는 선생님들께 질문을 던진다.

"선생님들은 원에 근무하면서 어떤 부분이 가장 애로 사항인가요?"

나의 질문에 저마다 위에서 언급했던 이야기와 비슷한 말들을 한다. 교사들의 이야기를 듣고 공감해 준 후 내가 정말 하고 싶은 말을 이어나간다.

"원장을 하면서 가장 힘들다는 생각이 들 때는 선생님들이 학기 도중에 원장실로 들어와 '드릴 말씀 있어요.'라고 할 때입니다."

나의 이야기에 교사들은 "그럴 수 있겠네요."라고 말하면서 어느 정도 공감한다는 미소를 보여 준다.

"그래서 올해는 미리 이야기할게요. 혹시 학기 도중에 '드릴 말씀 있어요.'라고 이야기하실 분 있으면 손들어 보세요."

"……."

"오늘 교사 오리엔테이션이 끝나기 전에 생각해 보고 학기 도중에 '드릴 말씀 있어요.'라고 할 것 같은 예감이 들면 오늘 이야기하세요. 오늘 이야기 안 하시면 참았다가 내년 이맘때 하셔야 합니다. 학부모 오리엔테이션에서 아이들과 부모님께 담임교사로서 인사한다는 것은 일 년 동안 함께하겠다는 약속입니다. 또한 원장과의 약속이기도 해요. 도중에 그만둘 교사라고 생각한다면 그 교사를 채용할까요?"

"아니요."

"대답해 주셔서 감사해요. 원장과의 약속이기도 하지만 지금 옆에 있는 동료 교사와의 약속이기도 합니다. 학기 도중에 동료 교사가 나가면 남아 있는 교사들은 어떨까요?"

나의 질문에 도중에 교사가 바뀌었을 때의 상황을 생각하면서 저마다 위에서 언급한 이야기들을 하기 시작한다.

"저도 교사 시절을 지내봤어요. 그래서 여러분의 애로 사항을 100%는 아니지만, 어느 정도는 이해합니다. 그러나 여러분은 성인이고 선택한 일에 대한 책임을 져야 해요. 유아들을 지도하는 우리의 일은 일 년 단위로 시작과 끝이 있어요. 언제 시작이죠?"

"3월이요."

"맞아요. 3월 신학기부터 시작이죠. 그럼 언제가 끝인가요?"

"2월 수료식과 졸업식이요."

"역시 우리 선생님들은 원장을 닮아 똘똘해요."

교사가 도중에 바뀌는 것은 너무나 힘든 일이어서 원장 5년 차부터는 2월 중순 교사 오리엔테이션에서 단단히 단속했다. 그렇게 하자 도중에 하차하는 선생님들이 거의 없었다.

도중에 그만두는 것은 아이, 부모, 원장에 대한 예의도 아니지만, 사랑하는 동료 교사에게도 민폐를 끼친다는 사실을 알려 준 것이 꽤 설득력 있었다고 나중에 교사들이 이야기했다.

원장을 그만둔 지 10년이 넘었는데 지금도 가끔 악몽을 꾼다. 행사 전날에 일을 하다말고 교사들이 단체로 들어와 "원장님, 드릴 말씀 있어요. 저희 모두 그만두기로 마음을 모았어요."라는 말을 하는 꿈이다.

잠에서 벌떡 깨어 꿈이었음을 알고 지금은 원장이 아님을 다행이라 여기며 가슴을 쓸어내리지만, 너무 무서운 악몽이었기에 다시 잠을 이루지 못한다. 20대에 원장이 되어 교사 관리가 제일 어려웠고 뜻대로 되지 않는 부분이 꽤 힘들었던 기억으로 남아있기에 아직도 그런 꿈을 꾸는 것 같다.

나와 같은 애로 사항이 있는 원장님들이 독자 중에 있을 것 같아 "드릴 말씀 있습니다."라고 교사들이 말할 때 대처 방법 3단계를 전한다.

○ 1단계: 힘든 마음 인정해 주기.
○ 2단계: 진심으로 공감해 주기.
○ 3단계: 존중하는 마음으로 설득하기.

교사를 해 보신 원장님들은 앞의 여러 가지 사례들처럼 정말 힘들었던 경험이 있을 것이다. 그때마다 그만두고 싶었던 기억들도 함께 말이다. 그래서 교사들이 힘들어서 드릴 말씀이 있다고 할 때는 그만두고 싶을 만큼 힘들다는 것을 먼저 인정해 줘야 한다. 그런 후, "선생님, 정말 속상하겠다. 힘들지? 힘들고 속상한 데 말도 못 하고 그동안 참았구나. 듣는 나도 이렇게 속이 상하는데."라고 하면서 손을 먼저 잡아준다. 그러면 대부분의 교사가 눈물을 쏟는다. 힘든 이야기에 진심으로 공감해 준 후 대화를 나누어야 한다.

"선생님 마음이 이해가 가. 나도 그런 시절이 있었으니까. 그런데 버텼던 이유는 우리 원장님이 들려주신 말씀 덕분이었어. '선생님은 학생이 아니라 성인이야. 그리고 교사의 길을 선택했어. 성인이고 선택한 일이면 적어도 책임은 져야 한다고 생각해. 그리고 도중하차하는 인생의 오점을 남기면 나중에도 쉽게 포기하는 삶을 살게 돼. 쉽게 포기한다는 것은 성장을 멈추는 일이기 때문에 절대로 성공을 할 수 없지.'라고 말이야. 우리 원장님 말씀에 설득이 되어 난 견뎠어. 누구를 위해서가 아니라 본인을 위해 우리 일단 수료식까지만 견디어 보자. 그만둘 때 그만두더라도 마무리하고 그만두면 길에서 부모들을 만나도 당당할 수 있잖아."

나의 말에 대부분의 선생님은 설득이 되었다. 가끔 너무 착한 선생님이 드릴 말씀이 있다고 하면 나는 일부러 바쁜 척하면서 피해 다녔다. 그리고 다른 교사에게 그 선생님의 동태를 묻고 뒤에서 조금씩 도와주는 방법도 사용했다.

이 시대 원장님들의
아픔

어느 원장님이 초등학교 4학년 아들과 나누었다는 이야기이다.

"엄마. 어린이집 원장 그만하면 안 돼요?"

"갑자기 왜 그런 말을 하니?"

"어떤 친구가 저에게 그랬어요. 전광판에 '유치원, 어린이집 부패·공익침해 집중 신고 안내'라고 쓰여 있다고 하면서 '너희 엄마는 신고 안 해도 되니? 유치원, 어린이집 원장님들은 비리가 많다고 하던데? 신고하면 포상금도 준다고 하더라.'라구요. 엄마가 왜 그런 의심을 받아야 해요? 예전에는 엄마가 어린이집 원장님이신 것이 자랑스러웠어요."

"지금은 아니라는 말이니?"

"친구들이 나에게 와서 자꾸 이상한 말을 하니까 지금은 엄마가 원장님이라는 사실이 부끄러워지려고 해요."

아들과 대화를 나눈 원장님은 마음을 추스르려고 '아직은 철이 없는 녀석들이 한 말이니 크게 신경 쓰지 말자.'라고 생각해도 머리가 멍해지고 몸에 힘이 빠졌다고 한다.

'20년 가까이 사명감을 가지고 아이들 교육을 했고 원장의 장점 중 하나가 아이들이 엄마의 직업을 자랑스러워하는 것이었는데. 그래서 힘든 날들이 있어도 버티면서 열심히 살아왔는데 지금 내 아들이 엄마의 직업을 부끄럽게 여긴다고?'

원장님은 눈물이 왈칵 쏟아졌고 한참을 멍하게 앉아 있었다고 한다.

TV에서 나오는 아동학대 사건이 나오는 날이면, "우리 원에는 아이들 학대하는 선생님 없나요?"라는 전화를 여러 통 받게 되는 것도 힘이 빠지는 일이었는데 아들의 말에 '나는 그동안 뭘 하면서 산 거지?'라는 생각과 함께 20년 가까운 시간 동안 쌓아온 공든 탑이 와르르 무너지면서 자괴감이 몰려왔다고 한다.

원장님의 이야기를 들으면서 나도 눈물이 나왔다. 원장을 했었기에 원장님의 마음에 더 많이 공감했다. 우리 아들이 그런 이야기를 했다면 나는 더 큰 충격에 휩싸였을 것이라는 생각도 들었다. 흐르는 눈물을 참으려 애쓰시는 원장님을 말없이 조용히 안아드렸다. 그 어떤 말로도 위로가 되지 않을 거라는 생각이 들어서 그저 안아드리는 일밖에 할 수 없었다.

다음은 어느 어린이집 원장님이 청와대 게시판에 올렸고 8천

명이 넘는 사람들이 '동의합니다'를 누른 글의 내용이다.

어린이들은 대한민국의 미래입니다.
언제까지 대한민국의 미래들인 아이들을 때리고 보조금을 빼돌리고 교사의 노동력을 착취하는 어린이집 원장에게 아이들을 맡기실 겁니까.
언론에서, 정부 방침으로, 이젠 전국 전광판으로 112 비리척결신고까지.

엄마, 아빠와 마주 앉은 밥상에서, 뉴스에서 아이들이 듣고 느끼는 원장과 교사란 어떤 이미지일까요?
보조금을 횡령할 만큼 그렇게 많은 지원을 각 원에 주셨습니까?
민간이라는 이름을 가진 자영업자들의 주머니를 털어 보육 현장의 경영난을 버텨나가게 하고 모르쇠로 일관한 것도 정부입니다. 정부는 정녕 몰랐다고 하실 수 있습니까?
……

전국의 모든 어린이를 보호해 주세요.
우리는 전광판에 실시간 신고 홍보대상인 어린이집을 운영하는 범죄자 집단입니다.

0.3%의 잘못을 마치 전체 시설이 잘못하고 있는 것 마냥, 정부는 책임 없는 것처럼 모르쇠로 계속 가기엔 하늘이 부끄럽지도 않으십니까?

전 어린이집 원장인 게 부끄럽습니다.

가족들이 어린이집 원장을 아내로, 엄마로, 딸로 두게 되어서 너무 미안하고 죄스럽습니다. 전광판을 보며, 저는 교육자가 아닌 범죄자 집단에 있는 부끄러운 사람입니다.

많은 이야기를 하고 싶지 않습니다.

그동안 제 얘기를 들은 보건복지부도, 국회의원들도, 도지사도, 시장도 모두가 어떤 노력을 하셨나요? 범죄자로 오명 쓰지 않도록 도와 달라고 할 때 국가는 어디에 있었습니까?

「영유아보육법」, 「근로기준법」, 「사회복지사업법」을 지키면서 이런 범죄자가 되지 않도록 이제는 국가가 100%로 국·공립어린이집을 확충하고 직접 운영하세요.

대한민국의 모든 어린이집을 올해 안에 전부 강제 폐원시켜 주세요.

청와대 게시판의 글을 읽는 내내 가슴이 먹먹해지고 눈에서 눈물이 흘러내렸다. 가슴을 치며 오열하면서 글을 쓰셨을 원장님의 모습이 연상되었기 때문이다. 전직 원장이라 더욱 감정이 이입되었다. 내가 만약 지금 원장이라면 이 답답한 현실에 충격을 받아 정신병원에 입원해 있을지도 모른다는 생각이 들었다.

소장님. 갑작스레 소장님이 생각났어요. 오늘 오후에 저, 어린이집을 다른 분께 임대 계약합니다. 이 일이 너무 좋고 아이들도 사랑스러운데 너무 지치고 힘에 겹네요. 계약을 앞두고 마음이 혼란스럽습니다. 쉼을 얻고 다시 소장님을 뵐 수 있는 날이 오길 기대해 보겠습니다. 어린이집 운영을 유아행복연구소와 함께할 수 있어서 행복했습니다. 오후에 계약하면 내년 2월까지 마무리하고 신학기부터는 이제 원장이 아닌 두 아이의 엄마로 돌아갑니다. 다시 원장을 할 수 있는 힘이 생기면 뵙겠습니다.

어느 원장님이 카톡으로 보내 준 글을 읽으면서, 그리고 지금 이 지면에 글을 쓰면서도 계속 눈물이 나고 가슴이 저린다. 아이들을 사랑해서 시작한 일이기에 원장 월급이 안 나와도 미래를 기약하며 사명감 하나로 견디셨던 분들인데 이제 월급이 나와도 교육 기관을 떠나려 한다. 힘들어도 견뎌왔는데 이제는 서 있을 힘조차 없다고 한다. 원장님과 교사들이 모두 자괴감을 느끼고 있다. 병원에 입원하신 분들도 많다.

하루빨리 원장님들이 아이들 교육에 전념할 수 있는 바른 시스템이 정착되고, 사명감으로 아이들을 교육하는 원장님들이 예전처럼 존중받는 세상이 꼭 와야 할 텐데.

유아 교육 기관 교사들의
아픔

교사 교육에 참석하셨던 선생님들이 들려주신 교사들의 아픔에 관한 이야기다.

"부모님들이 '선생님. 우리 원에는 아이들 학대하는 선생님 없죠?'라고 이야기할 때 속이 상하기는 하지만 참을 만해요. 그런데 우리 가족들이 '너도 조심해라.'라고 이야기를 할 때는 정말 화가 나기도 하고 교사 생활을 그만해야겠다는 생각이 들어요."

"맞아요. 가까운 사람들이 무심코 던지는 말들이 더 큰 상처가 되는 것 같아요. 저도 며칠 전에 친구들을 만났는데 '미영아. 너도 조심해라. 우리는 TV에서 네 얼굴 보는 거 원치 않는다.'라고 말하며 웃는데 얼마나 화가 났는지 몰라요. 정말 그 순간에는 절교하고 싶은 마음이 들 정도였어요."

"몰지각한 소수의 교사가 저지른 일을 보고 아이들이 좋아 이 길을 가고 있는 전체 교사들을 매도하듯이 하는 말들은 우리를 정말 힘들게 해요."

이야기하는 교사들의 눈에는 눈물이 그렁그렁 맺히기도 했다. 그들의 마음이 어떤지 공감이 되기에 가슴이 아리면서 나의 눈가에도 눈물이 맺혔다.

아동 학대 사건 뉴스가 보도되었던 어느 날, 사우나에 갔는데, 유치원생으로 보이는 유아가 탕 속으로 들어오자 앉아 계시던 할머니 한 분이 "어머! 예쁘네. 몇 살이야?"라고 물어보셨다.

"6살이에요."

"그럼 유치원 다니니?"

"네."

"너희 선생님은 너희를 때리거나 소리를 지르면서 화를 내지는 않니?"

"우리 선생님은 우리 안 때려요. 우리 선생님 얼마나 착한데요."

아이의 이야기에 할머니는 민망해하면서 대답하셨다.

"그럼. 돈 받고 아이들 교육하는 일인데 귀한 남의 집 자식들을 함부로 대하면 안 되지."

그날 그 아이가 그렇게 말하지 않았다면 나라도 한마디 했을지도 모른다.

"아이들을 학대하는 사람보다는 아이들이 좋아서 사명감을 가지고 일하는 교사들이 더 많거든요. 일부 몰지각한 교사들이 저지른 행태를 가지고 대한민국의 전체 교사들을 매도해서는 곤란해요."라고 말이다.

일부 몰지각한 교사들의 이야기가 잊을 만하면 한 번씩 나올 때마다, 아이들을 원에 맡기는 부모님들이 불안할 수 있다는 생각이 들기는 한다.

그러나 꼭 기억해야 한다. 아이들을 학대하는 교사들보다는 사랑으로 교육하는 사명감 넘치는 교사들이 더 많다는 사실을. 그런 뉴스를 보면 누구보다 가슴 아픈 사람들은 현장에 있는 원장과 교사들이고, 곁에 있는 아이들에게 더 많은 정성을 쏟고 있다.

이렇게까지 이야기를 하는 데도 교사들이 믿어지지 않으면 불안해하지 말고 집에서 부모님이 자녀들을 돌보셔야 한다고 생각한다.

일부 교사들로 인해 전체 교사들이 매도를 당하는 과정에서, 사명감을 가지고 일하던 교사들이 현장을 떠나고 있어서 가슴 아프고 한편으로는 걱정도 된다.

이렇게 교사들이 모두 떠나면 엄마들이 자신의 아이들을 온종일 돌볼 수 있을까?

방학을 2주만 해도 "방학이 왜 그렇게 길어요? 2주 동안 아이와 전쟁을 치르게 생겼네요." 하면서 자녀와 함께 할 시간을 기뻐하기보다 불만을 토로하는 부모님들이 많은 것이 현실이기 때문이다.

내가 20대 때 교사를 할 때는 한 반에 40명 가까이 지도를 했다. 그래도 그리 힘들지 않았다.

왜? 그때는 맞벌이 부모님들이 거의 없었다. 그리고 오후 1시면 모든 원생이 집으로 돌아갔고 지금처럼 개구쟁이들도 많지 않았다. 그런데 지금은 원에 있는 시간이 길다 보니 아이들의 특성상 어떻게든 교사의 눈을 피해 장난을 치는 개구쟁이들이 예전보다 많아졌다.

또, 자녀를 한 명 아니면 둘만 낳다 보니 모두 너무 귀한 왕자님, 공주님이라 단체 생활을 하면서 친구들끼리 불협화음도 많이 일어나고 있다.

교사들의 애로 사항이 많다는 것을 전하고 싶어 교사 교육 시 교사들에게 설문지를 통해 받은 내용을 소개한다.

교사 생활 중 상처가 되었던 순간은?

○ 1위: 부모님들이 아이의 말만 듣고 오해할 때(교사의 말은 믿지 않고 CCTV부터 보자고 할 때).

○ 2위: 10번 잘하다가 1번 실수하면 9번 잘했던 것이 순식간에 없어질 때(열심히 한다고 했는데 무얼 했느냐고 책망할 때).

○ 3위: 부모의 의무는 전혀 이행하지 않으면서 모든 일을 교사의 책임으로 돌릴 때(아이의 부정적 행동을 무조건 원의 탓으로 돌릴 때, 아이가 아픈 것이 교사 탓이라고 할 때, "나는 사랑을 많이 못 주고 있으니 선생님이라도

우리 아이에게 사랑을 많이 주세요."라고 할 때, 과정은 전혀 생각하지 않고 결과만을 가지고 잘못을 따지려 들 때).

　나도 교사 경험이 있기에 교사들의 설문지를 보면서 마음이 짠하고 안타까웠다. 대한민국 부모님들이 유아 교사들의 애로 사항을 조금이나마 이해해 주고 따뜻한 시선으로 봐 주길 희망한다. 그래야 그들이 더욱 불타는 사명감을 가지고 어떤 어려움이 있더라도 거뜬히 견디면서 갈 수 있다.

　이 글을 읽는 유아 교사들과 원장님들이 있으시면 힘 내시구요.
　유아행복연구소가 여러분을 응원합니다. ^^

제2장 같은 길,
다른 명함

제2장에서는 원장에서 소장의 삶을 살게 된 저의 이야기를 궁금해하며 질문하는 원장님들이 많았기에 그 과정을 전하려 합니다.
위기 때마다 무모하게 명함을 바꾸었지만, 그 무모함이 저에게 준 기회에 대한 이야기입니다.

출근할 때는 공주,
퇴근할 때는 판다

28년 전, 내가 5세 반 담임을 할 당시 우리 반 정원은 25명이었다. 그 시절에는 직장을 다니는 엄마들도 많지 않았다.

5세 반 친구들은 엄마 품에 있다가 처음으로 원이라는 곳을 왔기에 적응을 하는 데 한 달 이상이 걸렸다. 입학 후 한 달은 자리에 앉아 있는 아이들이 교실을 마음대로 돌아다니는 아이들보다 더 적었다. 2, 3명은 아예 교실에도 들어오지 않고 엄마와 복도에서 실랑이하거나 원장실에 가 있다가 수업이 끝날 때쯤 교실에 들어온 경우도 있었다.

교실에 들어온 아이들 중에서도 3, 4명은 엄마에게 가겠다고 울고, 이야기 나누기 시간에는 카펫에 앉은 친구들은 10명 정도고, 5명은 자기가 놀고 싶은 영역에 가 있거나 교실을 돌아다녔다. 엄마가 보고 싶다고, 집에 가고 싶다고 우는 아이들을 달래다 보면 나도 울고 싶었다.

화장실이 급해도 마음대로 갈 수 없었다. 화장실을 다녀오면 2, 3명의 아이들이 울고 있거나 다치는 경우도 많았다. 그래서 방광염에 걸려 여러 달 동안 고생하기도 했다.

"고 선생님, 화장실 청소했나요?"
"고 선생님, 커피 한 잔 부탁해요."
"고 선생님, 문구점 한 번 더 다녀와야겠네요."
지금은 있을 수 없는 일들이지만 내가 초보 교사 시절에는 선배들의 텃세가 대단했다. 막내라는 이유로 소소한 심부름도 많이 시켰다. 일이 서툴고 실수도 잦았기에 원장실로 불려가 꾸중을 듣는 날들이 많았다.

원장님께 꾸중 듣고, 아이들 때문에 힘이 들고, 선배 교사들은 텃세를 부리고, 그래서 초보 교사 시절에는 화장실에 가서 문을 잠그고 수도꼭지를 틀고 울었던 날들이 한두 번이 아니다.

울다가 거울을 보면 거울 속의 나는 눈물 때문에 번진 마스카라로 판다가 되어 있는 날들이 많았다.

판다가 되는 날이면 나의 마음속에서 착한 늑대와 나쁜 늑대가 싸우기 시작했다.

나쁜 늑대: 이렇게 힘든데 사표 쓸까?

착한 늑대: 힘이 드는 날도 있지만 순수한 아이들과 함께 있어 행복하기도 하잖아.

나쁜 늑대: 힘든데 참지 말고 확 사표 쓰고 조금 더 편한 직업을 찾아봐.

착한 늑대: 네가 없으면 내일 아이들이 너를 찾으며 울 거야. 천사 같은 아이들을 슬프게 하는 것은 옳지 않아. 그만두고 싶어도 네가 맡은 아이들이 수료식을 하는 2월까지는 참아야 해. 넌 교사잖아.

나쁜 늑대: 나 같으면 안 참는다.

착한 늑대: 세상을 살다 보면 더 힘든 일도 많을 거야. 그런데 이 정도로 힘들다고 포기하면 너는 힘들 때마다 포기를 선택할 것이고 인생의 낙오자가 될 거야. 원장님도, 선배 교사들도 다 너처럼 힘든 초보 교사 시절을 견디었기에 지금의 위치에 있게 된 거야. 억울해하거나 속상해하지 말고 더 열심히 배우고 익혀서 너도 원장이 되렴.

결국 착한 늑대의 승리로 '계속 교사로만 살지는 않겠다'는 목표를 갖게 되자 판다가 되는 날들이 줄어들었다. 선배 교사의 심부름도 기쁜 마음으로 하고 원장님의 꾸중도 사랑의 가르침으로 받아들이게 되었다.

초보 교사라 서툴고 힘든 부분도 많았지만, 천사 같은 아이들과 함께하면서 그들이 나를 향해 미소를 보여 줄 때면 세상의 근심과 걱정이 모두 사라지는 것 같았다.

아이들이 다칠 것 같아 화장실도 제때 못 갔다. 점심도 흡입하듯 먹어야 했다. 내 기분이나 몸의 상태에 상관없이 언제나 방긋방긋 웃어야 했다. 하지만 시간이 흐를수록 교사라는 직업은 나에게 천직인 것 같다는 생각이 들었다. 그래서 죽는 순간까지 아이들과 함께하려면 반드시 원장이 되어야 했고, 그때까지는 무슨 일이 있어도 사표를 내지 않으리라 결심했다.

꿈에 그리던
원장이 되었지만

교사 시절 내가 모셨던 원장님은 정말 편안하고 우아해 보였다. 교사들보다 출근도 늦게 하셨고, 상담이나 교사회의 주관은 원감님이나 주임 선생님이 진행하셨다.

행사 시 멋지게 차려입으시고 어머님들 앞에서 인사말을 하시면 어머님들이 환호성과 함께 큰 박수를 쳐 주셨다. 우리 원장님이 가장 멋지다는 생각을 할 때는 일주일에 한 번씩 한복을 예쁘게 차려입고 아이들에게 다도를 가르쳐주실 때였다. 한복도 10벌은 되셨던 것 같다.

멋진 우리 원장님을 보면서 초보 교사 시절부터 나도 꿈을 꾸었다.

'나도 나중에 원장이 되면 한복을 10벌쯤 준비해야지. 한복을 예쁘게 차려입고 각 교실에 들어가서 아이들이 좋아하는 동화를 재미있게 들려주는 원장이 될 거야. 날씨가 좋은 날이면 잔디밭에 방석을 깔고 앉은 후 한복 치마를 쫙 펼쳐서 그 위에 아이들을 10명 정도 앉혀야지. 그리고 동화를 들려줄 거야. 그러면 귀여운 녀석들이 입을 벌리고 침을 흘리며 나의 이야기를 재미있게 들어주겠지. 아! 생각만 해도 행복하다. 호호호.'

아주 작은 원이었지만, 많은 분의 도움으로 나는 20대 중반에 원장이 되었다.

원장이 되면 내 세상은 아픔이 없을 줄 알았다. 그런데 꿈에 그리던 원장이 된 후 알게 되었다. 교사 시절의 역경은 역경도 아니었다는 것을. 원장의 길은 그리 우아한 길만은 아니라는 사실을 아는 데는 그리 오래 걸리지 않았다.

어떤 날은 점심을 먹지 못했다는 사실조차도 잊고 산 날이 많았다.

"오늘 왜 이렇게 힘이 없지? 아이고! 점심 먹는 걸 또 까먹었네." 온종일 분주하게 보내느라 점심 먹는 것을 잊은 어느 날, 집에 와서 나도 모르게 중얼거리는 말을 들은 어머님이 "너는 먹고 살자고 하는 일인데 뭐가 그리 바빠 점심도 못 챙겨 먹고 일하니? 아이들은 교사들이 가르칠 텐데 원장이 뭐가 그리 할 일이 많다고. 교사들은 뭐하고 원장 혼자 일을 다 하니?"

"그러게요. 먹고살자고 하는 일인데 점심 먹는 시간을 자주 놓치네요. 너무 바쁘게 일하느라 밥을 먹지 못했다는 사실을 잊어

버려요. 아이들 수업은 교사들이 하지만 원장이 해야 하는 일도 만만치 않거든요."

원의 돌아가는 상황을 모르시는 어머님은 안타까움에 한 번씩 핀잔을 주시기도 했다.

하루는 어머님 신발이 한 짝 없어져서 "손주들이 밖으로 던져버렸나?"라고 중얼거리시며 집 안팎을 한참이나 찾아다니셨다고 한다. 우연히 현관을 보니 나의 신발도 한 짝만 놓여 있어 혹시나 하는 마음에 아들 석부를 들쳐 업고 어린이집으로 오셨다.

어머님의 예상은 적중했다. 어머님 신발 한 짝과 내 신발 한 짝이 어린이집 현관에 나란히 놓여 있는 것을 보고 기막혀하시며 신발 두 짝을 들고 원장실로 들어오셨다.

"신발이 없어져서 한참 찾다가 설마 하는 마음으로 왔는데 내 신발이 여기 있었네. 네가 이렇게 신고 왔니?"

"어머! 제가 그랬나 봐요. 아침에 1호차 타는 선생님이 갑자기 못 나오신다고 하셔서 제가 대신 차를 타야 했거든요. 그래서 정신없이 나오느라 신발을 잘못 신었다는 것도 몰랐네요."

"아니, 높이도 이렇게 안 맞는데 신고 다니면서 잘못 신었다는 것도 느끼지 못했다는 거니?"

"그러게요. 요즘 원 행사와 여러 가지 일들로 신경 쓸 일들이 많아서요. 게다가 오늘은 차량까지 제가 타야 하는 바람에 더 정신이 없었나 봐요. 신발 한참 찾으셨죠? 어머님, 정말 죄송해요."

"죄송하긴. 바쁘면 그럴 수도 있지. 그런데 네가 원 일로 정말 정신이 없긴 했나 보다. 굽이 안 맞아 쩔뚝거리면서도 그걸 느끼지 못했다니. 오늘은 점심 먹었니? 아무리 바빠도 밥은 꼭 챙겨 먹으렴."

어머니는 정신없이 사는 내가 많이 안쓰럽다며 쯧쯧 혀를 차면서 나가셨다.

생각보다 원장의 고충이 많다는 것을 느낀 어머님은 신발 사건 이후 저녁에 설거지도 못 하게 하셨고 원에 일이 있어 아이를 조금 늦게 데리러 가도 관대하게 대해 주셨다.

원장의 길은 내가 생각한 것처럼 그리 우아하지는 않았지만, 행복한 길은 맞았다.

우리 원의 아이가 길에서 나를 만나면, 잡고 있던 엄마 손을 뿌리치고 달려와 나의 품에 안긴다. 그럴 때마다 나는 세상을 다 얻은 것처럼 행복했다. 아이의 반응에 어이없어하면서도 엄청 고마워하시는 부모님들의 행복한 표정을 보는 것도 보람을 느끼게 해 주었다.

원에 오기 싫다고 몇 주씩 울던 아이들이 하루가 다르게 변하고 성장하는 모습을 보면서도 보람과 성취감이 함께 느껴졌다.

내가 아프다고 하면 아이들은 내 이마를 만져 주고 고사리 같은 손으로 안마를 해 주기까지 했다. 그래서 아이들과 수업을 하다 보면 아픈 것도 잊게 되었다. 아이들은 나에게 만병통치약이었다. 내가 좋아하는 아이들과 생활을 할 수 있는 원장이란 직업은 나에게 정말 천직이라는 생각이 들었다.

원장과 강사를 겸임하다가 지금은 연구소 소장 일만 하고 있지만 내가 만든 '자존감 쑥쑥 발표력 교실 프로그램' 향상을 위해 지금도 여러 원에 가서 아이들과 직접 수업을 하고 있다.

전국 850명의 교사가 일 년에 4번 교사 교육을 받고 내가 알려 준 발표력 교수법으로 원에서 교육하고 있다. 또한 많은 교사가 수업하는 영상이나 아이들이 발표하는 영상을 연구소로 보내주고 있어 이를 통해 개성 넘치는 전국의 아이들을 만나는 것도 내가 이 일을 하면서 느끼는 큰 기쁨 중 하나이다.

나는 다시 태어나도 지금처럼 교사, 원장, 강사, 유아 교육 프로그램 개발자로 살아가고 싶다. 내가 좋아하고 잘할 수 있는 일이며 그 어떤 일보다 귀한 가치가 있다고 생각하기 때문이다.

빨간 캐리어의 속삭임

연구소 창고에는 내가 초보 강사 시절에 끌고 다니던 손때 묻은 캐리어가 보관되어 있다. 가끔 힘들고 지칠 때면 창고로 들어가 캐리어를 물끄러미 쳐다본다. 그러면 캐리어가 나에게 말을 건다.

'선해야. 힘드니?'

'조금.'

'힘들 땐 너무 애쓰지 말고 너의 마음의 소리에 귀를 기울이렴. 그리고 나를 끌고 열정 넘치게 전국을 누비던 시절도 떠올려 봐. 광고를 해도 사람이 모이지 않던 그 시절에 열 분만 강의 신청을 해도 대박이라고 하면서 감사했던 시간을 말이야. 힘든 역경이 많았는데 여기까지 잘 왔어. 지금 잠시 힘들어서 투정하러 들어온 거지? 원래 고선해답게 바로 긍정으로 무장하리라 믿어.'

캐리어와 속삭이고 책상에 앉으니, 강사 초창기 시절 광고를 했을 때의 일들이 떠올랐다.

그냥 광고지도 아니고 소책자를 만들어 광고하니 주위에서 무모한 일이라고 반대했다. 인지도가 없으면 광고를 해도 소용이 없다고. 나도 알고 있었다. 왜? 나부터도 원으로 발송되는 광고지들을 10분의 1도 보지 않았기 때문이다.

그러나 만 통을 보내면 천 통 정도는 읽으리라는 계산을 했다. 광고를 봤다고 모두 수강으로 이어지는 것은 아니므로 광고지를 본 천 명의 사람들 중에서도 백 명 정도만 강의에 관심을 가질 것이라고 생각했다. 만 통을 광고하고 백 명 정도만 강의로 이어지면 사실은 광고비도 나오지 않는다. 그러나 나의 계산법은 거기서 멈추지 않았다.

'한 명이 오더라도 특별한 분들(?)만 오신다면 광고할 가치가 있어. 한 명이 백 명이 될 수 있는 영향력 있는 사람들이 오면 되니까.'

디엠(DM)이 발송된 후 문의가 오기 전에 난 접수 명부를 미리 작성했다.

접수 명부 첫 번째 칸에는 1이라고 기록하지 않고 101이라고 썼다. 간절함이 있었고, 한 명이 백 명이 되리라 믿었고, 믿었으면 행동해야 한다고 생각했다. 두 번째 칸에는 202, 세 번째 칸에는 303이라고 썼다.

접수 명부에 그렇게 쓰는데 미소가 나오면서 기분이 좋아졌다. 기분 좋은 미소를 짓고 있는데 전화벨이 울렸다. 이분이 백 명이 될 수 있다고 믿었기에 전화를 대충 받을 수 없었다. 어떤 목소리로 어떻게 설득해야 하나 잠시 고민한 후 가장 나답게 받기로 결심했다.

"안녕하세요? 광고 보고 전화 드렸어요."

"네. 반갑습니다. 원장님, 축하드립니다. 1등에 당첨되셨습니다."

"유아행복연구소 아닌가요? 제가 전화를 잘못 걸었나 봐요."

많이 놀란 원장님은 전화를 끊으려 했다. 나는 다급한 목소리로 말했다.

"원장님. 전화 잘못 거신 것 아니에요. 유아행복연구소 맞습니다. 책자 보고 전화하셨죠?"

"네. 그런데 1등 당첨이 되었다고 해서……."

"저희가 광고 책자 만 통을 발송한 후 전화를 기다리고 있었는데 원장님이 첫 번째로 전화를 주셨어요. 그래서 1등에 당첨되었다고 말씀드린 겁니다. 1등 당첨되셨으니 더욱 친절한 목소리로 모든 질문에 아주 상세히 상담해 드리겠습니다."

나는 아주 밝은 목소리로 최선을 다하고 있었지만, 상대의 목소리는 당황한 기색이 역력했다.

"혹시, 고선해 소장님 맞나요?"

"딩동댕! 정답입니다."

"홍보하신 광고 책자에서도 유쾌한 기운이 느껴지면서 독특한 분이라 생각해서 궁금했는데 소장님 목소리를 들으니 더욱 궁금해지네요."

"그렇죠? 엄청 궁금하시죠? 그 느낌을 믿고 강의장으로 꼭 오세요. 직접 보시면 더 마음에 드실 겁니다. 강의 선택도 후회하지 않으실 겁니다."

그 원장님은 울산에 살고 계셨는데 약속대로 부산 강의에 와 주셨다. 수강 후에는 원장님 원의 교사 교육으로 이어졌다. 대형 원이라 교사들만 40여 명이었다. 교사 교육에 만족하신 원장님이 다른 원에도 소개를 해 주어 한 명이 백 명이 될 것이라는 믿음에 열매가 맺혔다. 모든 수강생이 백 명으로 이어진 것은 아니었지만 강의에 오셨던 원장님들의 추천은 연합회 교육이나 연구회 교육으로도 이어졌고, 나는 긍정의 힘과 말의 위력을 느끼게 되었다.

1명이 100명이 된다고 믿었기에 최선을 다해 자료를 준비하고 열과 성을 다해 강의했다. 그리고 원장님들께 어떤 자료가 도움이 될지 몰랐기 때문에 내가 드릴 수 있는 모든 자료를 아낌없이 드렸다. 프레젠테이션 자료부터 영상 모음까지 모두 CD에 넣어 제공했다.

자료를 당연하게 받아 가시는 원장님들도 계셨지만, 대부분의 원장님은 염려해 주셨다.

"강사님. 자료를 이렇게 다 주셔도 되나요?"

"다 드려야 일부라도 원에서 사용하시죠."

"맞아요. 우린 바빠서 원으로 가면 이런 자료 못 만들어요."

"지도 원장 시절을 겪어 봐서 원장님들의 상황을 잘 알고 있습니다."

"와! 그래서 이렇게 다 주시는군요. 정말 감동이에요."

지금은 유아 교육과 관련된 많은 강사님이 자료를 제공하고 계시지만, 2006년 당시에는 자료를 제공하지 않는 경우가 많았기 때문에 원장님들은 더욱더 감동하셨던 것 같다.

감동하신 원장님들은 '아낌없이 주는 유아행복연구소', '유아행복연구소 강의는 바로 먹을 수 있는 밥상'이라는 수식어를 붙여 주셨다.

내가 원장 시절에 강의를 다녀와 벅찬 감동으로 강의에서 들었던 내용을 토대로 자료를 만들려고 하면 원에 꼭 문제가 생겼다. 그리고 문제들을 수습하다 보면 시간이 그대로 흘러가 버렸다. 시간이 지나면 강력한 동기 부여도 사라지게 되고 변화 없이 원 내 교육과 행사를 진행하게 되었다.

원장님들이 원에서 활용하도록 도와드리기 위해서는 동기 부여만으로는 부족했다. 자료를 바로 쓰실 수 있도록 모든 것을 제공해야 한다고 판단했고 그 판단이 유아행복연구소만의 경쟁력이 된 것이다.

처음에 했던 광고에서 1명이 100명 가까이 되는 기적을 경험하면서 나도 모르게 긴장의 끈이 풀어졌다. 그리고 그 결과 두 번째 광고는 나의 계획대로 되지 않았다(광고비가 5백만 원이었고 1인당 수강료가 8만 원, 교통비와 대관료 40만 원, 그래서 적자 532만 원). 그 이후에도 이런 결과가 여러 번 있었지만 나는 포기하지 않았다. 시작은 미약하나 끝은 창대하리란 확신이 있었다.

호주 여행 때 만나 발표력 강의(유아행복연구소가 만든 6, 7세 전문 프로그램)를 듣고 이어진 인연이 있다. 바로 경상도에 살고 계신 김○○ 원장님이다.

김○○ 원장님은 추진력이 대단한 분이었다. 발표력 4차 전체 교육 중 겨우 1차 교육을 듣고 "감 잡았다."며 자신 있게 오후 특강에 원장 직강 발표력을 개설했다. 그리고 많은 부모님이 선택하자 특강반을 개설해 돈 벌었다고 기뻐하면서 강의에 올 때마다 청중의 간식까지 챙겨서 왔다. 그뿐만이 아니다. 내가 경상도 강의만 가면 만사를 제치고 무조건 나타나 스태프를 자청하면서 나의 빨간 캐리어를 보물단지처럼 소중히 여기며 끌어줬고 밥도 많이 사 주셨다. 지금은 연구소 고문을 자청하면서 연구소의 발전을 자신의 발전으로 여기며 기뻐한다. 강의 후 피드백도 솔직하게 해 준다. 그뿐만이 아니다. 스태프, 유아행복연구소 일인자, 유아행복연구소 홍보 위원, 유아행복연구소 고문 등, 난 한 번도 직책을 준 적이 없는데 본인이 늘 직책을 만들고 나에게 통보한다. 유쾌한 성격의 소유자이기에 함께하는 것만으로도 행복해진다.

김 원장님뿐 아니라 지역마다 도와주시는 분들이 몇 분씩 꼭 계셨다.

본인의 교육비를 내고 강의에 오면서 청중 간식까지 직접 사들고 오신다. 그래서 처음 우리 강의를 듣는 분들은 내가 교주인 줄 알았다고 하시는 분들도 있다. 유아행복연구소 강의를 오면 강사만 밝은 것이 아니라 청중들도 밝아 처음에는 많이 놀란다고 했다. 연구소 이름과 어울리는 행복 에너지가 넘치는 좋은 분들만 오시는 것 같다.

초보 강사 시절, 정말 분주하게 전국을 다닐 때 울산에 계신 원장님에게서 전화가 왔다.

"소장님, 급하게 상담할 일이 있으니 꼭 와 주이소."라고 해서 찾아가 뵈었다.

"소장님 요즘 강의 너무 많지예. 그렇게 쉬지 않고 일하면 몸이 고장납니데이. 오늘은 쉬이소."

원장님은 나를 쉬게 하려고 부르셨다는 것이다. 그리고 경주 여행을 시켜 주시고 숙소를 잡아 주셨다.

의논할 이야기가 있다고 해서 왔는데 여행만 시켜 주시기에 어려운 이야기를 하시려는 줄 알았더니……

원장님은 의아해하는 나에게 온화한 미소를 지으면서 "소장님, 오늘 밤은 혼자 쉬세요. 늘 강의하시는 분이니 혼자 있는 것이 쉬는 겁니데이. 나는 내일 아침 모시러 올게예." 하고 댁으로 가시는 것이 아닌가. 원장님의 배려에 눈물이 핑 돌았다.

그때도 감사했지만 지금 생각해도 정말 감사하다.

울산에 계신 원장님 말고도 부족한 나에게 특별한 배려를 해주신 분들이 곳곳에 정말 많았다. 그분들의 사랑으로 인해 힘을 내면서 지금까지 올 수 있었던 것 같다.

힘들어서 마인드 컨트롤을 하기 위해 빨간 캐리어를 보러 창고에 들어오길 잘한 것 같았다. 빨간 캐리어와 대화를 하다가 초보 강사 시절 광고했던 추억도 떠오르고, 빨간 캐리어를 끌어주신 고마운 원장님과 늘 응원해 주셨던 많은 원장님을 생각하면서 다시 열심히 살아야겠다고 다짐해 본다. 갑자기 힘이 불끈 솟고 미소가 저절로 나온다.

오늘도 글을 쓰면서 생각나는 고마운 분들이 너무 많다. 잠시 잊고 살았던 것이 죄스러워진다. 올해는 조금 쉬어가기로 했으니 그동안 도움을 주셨던 모든 분을 기억해내고 감사의 기회를 가져야겠다. 이 책의 출판 기념회에 그분들을 꼭 초대해서 덕분에 큰 성장을 이루게 되었음을 고백하는 시간도 갖고 감사도 표현하는 시간을 가지리라 다짐해 본다.

10년 단위로
명함을 바꾸리라

적성에 맞는 일을 찾았다면 한길로 평생 가는 것이 좋다.
한길로 가되 자기 분야에서 전문가가 되겠다는 생각을
가지고 10년 단위로 명함을 바꾸며 살아라. 그러면 그 분
야에서 인정을 받는 성공자의 삶을 살게 될 것이다.

유치원 교사 시절, 어떤 책을 읽다가 발견한 구절이다.

나는 은사님의 조언대로 책을 읽다가 내 삶을 바꿀 문장을 만
나면 책을 바로 덮고 그 문장에 대해 성찰하고 내 삶에 어떻게
적용할 것인가에 집중했다. 그래서 20대에 읽었던 그 책의 영향
으로 인해 교사 시절부터 원장을 꿈꾸게 되었고, 원장의 꿈을 이
루면서 아이들과 함께하는 이 길이 나의 천직이라 생각했다.

원장만 하다가 죽어도 여한이 없을 것 같아, 10년 단위로 명함
을 바꾸겠다는 마음은 접었다.

그런데 1998년 어떤 강의에 갔다가 원장과 강사를 겸임하는 분을 만나게 되면서 10년 단위로 명함을 바꾸는 삶이 가능하겠다는 생각이 들었다.

원 운영에 관한 비결을 원장님들과 공유하며 원장과 강사를 겸임할 수 있을 것 같았다. 그래서 그날 받았던 강의 자료 제일 앞쪽에 "5년 뒤 나도 반드시 강사가 되리라."라는 가슴 뛰는 생각과 결심을 적어 두었다.

강사의 꿈을 꾸었지만, 원장의 길이 그리 녹록하지 않았기에 강사의 꿈을 이루기 위한 준비를 할 시간이 없었다. 내가 유일하게 한 것은 원에서 진행했던 행사 관련 자료와 교육 자료를 상자 하나에 모으는 것이 노력의 전부였다. 강사의 꿈을 이루기 위해서는 지금 하는 일에서 성공을 이루는 것이 우선이라 생각하며 하루하루 원장의 삶에 최선을 다해 살았다.

2004년, 처음으로 강의 제안이 들어왔다.

그 후 몇 년 동안 평일에는 원 운영을 하고 주말에는 강의를 했는데, 2007년에 경제적 위기를 맞으며 원을 몇 년 동안 접을 수밖에 없는 상황이 되었다. 원장의 길을 천직으로 알았는데, 얼마나 많이 울었는지 모른다. 몇 달 동안 힘든 시간을 보내야 했다.

힘든 시간을 보내던 중 '고선해. 이렇게 주저앉지 말고 다시 일어나. 원장 말고 잘할 수 있는 일이 또 있잖아. 강의해서 돈을 모은 후 다시 원을 차리면 되잖아. 넌 이 위기를 극복하고 다시 원장이 될 수 있어.'라고 혼잣말을 하다 보니 갑자기 희망이 보였다.

나의 장점인 웃음과 긍정으로 무장하고 절망의 골짜기에서 빠져나올 방법을 찾기 시작했다.

본격적으로 강의를 하려면 나를 알려야 했다. 나를 알리기 위해 앞에서 언급한 대로 출판사의 투자를 받아내어 매달 엄청난 광고비를 쏟아부으며 디엠을 발송했다.

하지만, 초창기에는 무명 강사의 강의를 듣겠다고 찾아오는 사람은 별로 없었다. 특히 경상도 지역에 많은 금액을 투자해 광고했는데 세 번이나 수강생이 한 명만 신청하는 참담한 결과가 이어졌다.

한 명만 교육에 신청하는 상황이 두 번까지 이어질 때는 강한 긍정의 힘으로 이겨냈다. 그러나 같은 해, 세 번째로 한 명만 참석하는 결과로 이어지자 허탈함과 절망에 빠졌다. 다리에 힘이 풀리면서 도저히 강의할 수 없어 화장실로 갔다. 거울을 보면서 수없이 "난 할 수 있다."를 외쳤지만, 그날은 나쁜 늑대의 속삭임이 너무 컸다. 강의실에서 기다리고 계신 원장님께 다가가 "원장님, 정말 죄송해요. 오늘은 도저히 강의를 할 수 없어요. 죄송하지만 다음에 다시 와주실 수 없을까요?"라고 말했다.

"강의를 할 수 없다고예? 나 엄청 바쁜 사람이고 오늘 여기까지 오는 데 두 시간 걸렸어예. 가는 데도 두 시간 걸립니데이. 내

몸값이 조금 비싼데, 기회비용까지 모두 계산해서 청구해도 되겠습니까? 강사님 돈 많습니까?"

"아니요."

"그럼, 그냥 하이소."

돈이 없으니 그냥 강의를 하는 수밖에 없었다.

'그래, 오늘이 마지막 강의라 생각하고 정말 열심히 하자. 아직은 세상이 나의 진가를 몰라주는 걸 거야. 강의는 나중에 다시 하자.'라는 마음으로 정말 최선을 다했다.

나의 진심이 통했는지 강의 후 원장님은 아주 만족스러운 표정을 지으시면서 10만 원짜리 수표 두 장을 주셨다.

"원장님, 오늘 교육비는 8만 원입니다."

"개인 지도받아서 많이 드리는 겁니데이. 그러니 그냥 받으소."

몇 차례 거절했지만, 원장님은 막무가내로 내 손에 쥐여 주시고 가셨다.

여러 가지 복잡한 심경으로 강의장 정리를 하고 있는데 원장님이 다시 들어오셨다.

"강사님. 오늘 강의를 마지막으로 이제 강의 안 하겠다고 생각하셨죠?"

"네."

"힘들어도 포기하지 말고 3년만 꿋꿋하게 견디소. 그러면 반드시 이 유아 교육 시장에서 대성하실겁니데이."

많이 절망한 날이었기에 지푸라기라도 잡아야 서울까지 갈 수 있을 것 같아 눈물을 참으며 원장님께 질문했다.

"저의 어떤 점을 보시고 유아 교육 시장에서 대성할 것이라고 생각하게 되셨는지 여쭈어봐도 될까요?"

"내가 60년 넘게 인생을 살다 보니 자연스럽게 사람을 조금 볼 줄 알아예. 오늘 강의를 들으면서 '강사님은 아이들을 정말 사랑하시는구나. 아이들을 행복하게 해 주고자 하는 선한 목적이 있기 때문에 이런 자료를 만들 수 있었겠구나.' 하는 생각이 들었어예. 유아 교육 시장에서 절대적으로 필요한 아이 사랑과 선한 목적이 있기 때문에 강사님이 3년만 참으면 대성하리라 생각합니다. 그러니 아무리 힘들어도 참고 견디소. 3년 후에도 대성 못 하면 나에게 찾아와 원망하소. 내가 돈으로 3년의 세월을 보상해 줄 수는 없지만, 강사님의 원망을 모두 들어줄 수는 있어예."

원장님이 그때 해 주신 말씀은 내가 강사의 길을 가며 포기하고 싶은 순간마다 견딜 수 있게 하는 힘이 되어 주었다.

'그래. 그 원장님의 말을 믿고 3년만 견디어 보자.'

그때 원장님이 주신 20만 원은 나에게 2천만 원 이상의 가치가 있는 귀한 돈이었다.

3년 뒤, 경북 유치원 연합회 원장 강의에 가게 되었다.

어느 원장님께서 강사 대기실로 들어와 반가운 얼굴로 물음을 던지셨다.

"나 알죠?"

그 당시 많은 원장님을 만나고 있었기 때문에 바로 생각이 나지 않아 기억하려 애쓰고 있는데, 원장님께서 이어서 말씀하셨다.

"나, 개인 지도."

개인 지도라는 말에 기억이 나며 나도 모르게 외쳤다.

"아! 수표 주신 원장님!"

"3년 전 내가 했던 말이 맞죠? 주위 원장님들이 강의 잘한다고 많이 칭찬하시던데예. 이렇게 연합회 강의에 오려면 강사 섭외 전에 많은 원장이 찬성해야 가능한데. 이렇게 연합회 강의 강사로 오셨다는 것은 그만큼 인지도가 높아졌다는 겁니데이. 역경을 이기고 여기까지 온 것 축하합니데이. 포기하고 싶은 순간들이 많았을 텐데 잘 견디셨네예. 잘 견디고 여기까지 왔으니 이제 어떤 일들이 있어도 포기하지 말고 끝까지 가이소."

"네. 3년 전 원장님이 해 주신 말씀 덕분에 잘 견디며 여기까지 올 수 있었습니다. 진심으로 감사드립니다."

"부디 시간이 흐르더라도 초심을 잃지 말고 앞으로 많은 유아교육인에게 선한 영향을 주는 멋진 강사님이 되어 주이소."라고 말씀하시며 온화한 미소와 함께 나의 손에 따뜻한 커피를 쥐여 주고 강사 대기실을 나가셨다. 손에 쥔 커피와 원장님의 따스한 격려가 내 가슴과 눈을 적셔 주었다.

세상에 쉬운 일은 하나도 없다더니, 강사의 길도 원장의 길처럼 만만치 않았다.

나의 브랜드 가치를 높이려면 앞서 출발하신 강사님들과 나를 차별화할 수 있는 일이 무엇인지 고민하고 연구해야 했다. 끊임없이 고민한 결과, 그들이 쓰지 않은 책을 써야겠다는 생각을 하게 되었다. 강의 스케줄을 조금 줄여가며 열심히 글을 썼다. 발표력 교재 외에도 육아서 5권을 썼다.

지금은 많은 강사님이 책을 내고 있지만, 10년 전에는 많지 않았기에 내 생각대로 브랜드 가치를 높이는 데 도움이 되었다.

유아행복연구소 소장과 작가의 삶을 사는 지금도 역시, 5년 뒤에는 또 다른 명함으로 나의 삶을 변화시키고 성장시키기 위해 여러 가지를 준비하고 있다.

내가 좋아하는 일을 만날 수 있게 해 주신 하나님께 모든 영광을 돌리고 싶다. 하나님이 주신 웃음, 긍정, 아이 사랑의 달란트를 잘 활용하며 세상에 유익함을 주는 삶을 살기 위해 나는 죽는 순간까지 명함을 지속해서 바꾸는 도전을 멈추지 않을 것이다.

제2모작 인생을 꿈꾸는 원장님들을 위한 제안

"소장님. 우리 힐링하러 왔어요. 오늘도 우리에게 힘을 주실 거죠?"

"오늘 교육에 참석할까 말까 10번 이상 고민하고 왔어요. 교육에 오면서 이렇게 많은 고민을 하기는 처음이에요. 원장도 하기 싫은 요즘인데 '교육을 듣는다고 뭐가 달라질까?'라는 생각이 들어서요."

"맞아요. 지금 마음으로는 원장 자리를 내려놓고 다른 일이라도 찾아보고 싶은 심정이에요. 언제까지 이 일을 할 수 있을지 알 수 없는 것 같아요. 그러나 마무리하는 순간까지는 최선을 다해야 할 것 같아서 마음을 추스르고 왔어요."

"저는 소장님 기 받으러 왔어요. 요즘 같은 힘든 시기에 강의가 들리겠어요? 그러나 소장님은 늘 긍정적이시니까 우리가 할수 있다는 자신감을 느끼도록 도와주실 것 같아서 왔어요."

강의에 참석해 주신 원장님들이 하나같이 나에게 보여 주셨던 진심이자 하소연이었다.

"그렇군요. 모두 정말 잘 오셨어요. 힘들 때 한숨 쉬고 있으면 더욱 힘들어져요. 긍정의 에너지를 가진 사람들과 어울리면서 '우린 할 수 있다!'라고 외치며 서로 격려해야 합니다. 오늘도 기대에 부응하도록 마음을 다하겠습니다."

나를 믿어주시고 어렵게 와 주신 원장님들의 마음이 느껴져 나 역시 진심으로 대답을 드렸다.

늘 우리 강의에 참석하시는 분들이라 잘 알고 있다. 교육에 대한 열정과 아이들을 사랑하는 마음으로 원 운영을 하시면서 자부심이 넘치는 분들이었다는 것을.

그런데 그분들이 지금 너무 지쳐 있다. 아니, 희망을 잃어버리고 절망에 빠져 있다. 힘을 내려고 고심 끝에 이곳에 오신 원장님들께 정말 희망을 드리고 싶었다.

"멈출 것이 아니라면 앞이 안 보여도 우리는 한 걸음씩 앞으로 나아가야 합니다. 교육 설명회를 시작하기에 앞서 원장님들이 희망의 불씨를 발견할 수 있도록 15분 특강을 먼저 하려고 하는데 그래도 될까요?"

"그럼요. 15분 특강, 기대가 됩니다."

"원장님, 잘 생각해 보세요. 원장을 하면서 요즘만 힘드셨나요? 우리의 일은 아이들과 함께하는 일이라, 사실 하루도 마음 편히 산 적은 없으실 겁니다. 원의 크고 작은 사고와 사건들로 인해 우리의 일은 늘 긴장감을 멈출 수 없지요. 긴장감과 함께 힘든 순간이 많지만, 아이들의 해맑은 미소를 보면 회복이 되고, 아이들의 변화에 성취감과 자부심을 느끼면서 힘들다는 것을 종종 잊게 되었지요. 그리고 우리가 하는 일이 귀하다고 생각하기에 웃으면서 힘든 일도 거뜬히 이겨 낸 것입니다."

"맞아요."

"우리가 지금 정말 힘든 이유는 일부 원장님들의 비리를 전체 원장님들의 비리로 몰아가는 사회적 분위기로 인해 우리의 자존감이 무너지고 있기 때문이에요. 20~30년 동안 원장으로 살아온 삶에 대해 자괴감을 느끼게 하고, 희망을 빼앗아갔기 때문입니다."

원장님들은 나의 이야기에 공감하면서 본인도 모르게 깊은 한숨을 내쉬었다.

"과거에는 200~300평 규모 정도의 원을 운영하면 아주 많은 돈은 벌지 못해도 원장님의 노후도 걱정 없었고, 자녀에게 물려줄 유산도 걱정이 없었어요. 그런데 요즘도 그런가요?"

"아니요."

"나라에서 힘들게 하지 않아도 출산율이 계속 떨어지고 있고, 우리의 수명도 늘어나 100세 시대를 준비해야 하기에 그리 안정적이지 않습니다. 그러므로 이제는 정말 우리의 미래를 구체적으로 준비해야 합니다. 동의하시죠?"

"네."

"원장님의 미래를 위한 질문입니다. 조금 전에 나누어 드린 포스트잇에 원장님이 잘할 수 있는 일을 써 보세요."

몇 분만 빠른 속도로 쓰고 대부분의 원장님은 생각만 하실 뿐 적지 못했다.

그분들을 돕기 위해 다르게 제안을 해 드렸다.

"생각이 안 나시는 분들을 위해 질문을 바꾸어 볼게요. 원장님을 하셨기 때문에 잘할 수 있는 것은 무엇일까요? 그래도 선뜻 생각나지 않는 원장님들을 위해 말씀드리면, 원장님의 친구보다 원장님이 글을 잘 쓰는 것을 아시나요? 우리는 통신문과 인사 원고 등 늘 글을 쓰면서 살고 있잖아요."

"맞네."

"그뿐인가요? 원장님 친구보다 상담도 잘하고, 행사도 진행해 보셔서 기획도 잘하고, 동화도 재미있게 들려줄 수 있는 능력들이 있어요. 이런 능력 말고도 정말 많은데 또 뭘 잘하실 수 있을까요?"

"김밥도 빠르게 잘 싸고, 아이들 태우고 다니느라 안전하게 운전도 잘해요."

계속해서 원장님들의 이야기가 이어졌다. 어떤 장점을 써야 할지 몰라 망설이던 원장님들의 손놀림이 빨라지기 시작했다.

원장님들이 장점을 쓰게 한 후 계속해서 말을 이어나갔다.

"지금 걸어가고 있는 우리의 길이 많이 어렵고 힘들지만, 내일 당장 그만둘 것이 아니라면 묵묵히 우리의 일에 최선을 다하면서 끝까지 가야 한다고 생각합니다. 끝까지 가는 사람이 진정한 승자가 될 것입니다.

아마 유아 교육을 사업으로 생각하고 접근하셨던 분들은 돈이 안 되는 직업임을 느끼고 가장 먼저 떠나겠죠. 사명감이 없으신 분들도 견디지 못하고 결국 떠날 것입니다. 사명감이 있어도 너무 깊은 자괴감에 빠져 다시 힘을 낼 수 없는 분들도 떠날 수밖에 없겠죠? 아이들을 사랑하시고 아직 사명감이 남아 있고 버틸 힘이 조금이라도 있는 분들은 떠나면 안 된다고 생각합니다. 누가 뭐라고 해도 우리는 우리 아이들의 생애에서 가장 중요한 순간의 교육을 담당하고 있는 교육자이니까요.

특히 이 시국에 이 자리에 참석하신 원장님들은 유아들에게 꼭 필요한 교육자이기에 절대로 포기하면 안 됩니다. 우리의 길을 포기하지 않고 가다 보면 교육자가 다시 존중받는 시대가 오리라 믿습니다. 우리의 선한 목적과 진심을 알아줄 날이 오리라 믿습니다."

나의 열변에 원장님들은 고개를 끄덕이며 '그래. 다시 힘을 내서 끝까지 가 보자.'라는 눈빛을 보내주셨다.

"그동안은 한 우물만 판다고 생각하면서 원 운영 외에 다른 일에는 전혀 관심을 두지 않으셨는데 이제는 그러면 곤란합니다. 우리가 희망을 품고 살기 위해서는 원 운영 말고도 잘할 수 있는 일을 반드시 찾으셔야 합니다.

조금 전에 쓰셨던 원장님의 장점들을 강화하면서 제2모작 인생 준비도 하셔야 합니다. 원 운영의 길로 평생 갈 수도 있지만, 너무 지쳐서 정말 못하겠다는 생각이 들면 새로운 2모작 일을 해야겠지요. 저의 인생 이야기처럼 원장을 했기에 잘할 수 있는 일, 즉 부모 교육, 교사 교육, 책 쓰기, 프로그램 개발 등을 찾으시면 됩니다. 원 운영도 하루아침에 잘할 수 없듯이, 2모작 인생 준비도 마찬가지로 계획을 세우고 마음을 다해 준비하셔야 합니다. 2모작 인생에 대해 제안하는 이유는 우리가 하는 일에서 지치지 않기 위해서입니다. 사람은 희망이 있을 때 좌절이나 절망 가운데서 다시 일어설 힘이 생기게 됩니다. 혹시 저의 이야기를 들으면서 2모작 인생에 관해 하고 싶은 일이 떠오른 분이 계신가요?"

"저는 만약에 원을 접으면 소장님처럼 육아서를 집필하고 부모 교육도 열심히 할 거예요. 원을 운영하면서 많은 사례가 있고 부모 교육도 원에서 여러 번 해 보았는데 부모님들의 반응이 아주 좋았었어요. 이제는 조금 더 적극적으로 부모 교육을 진행하면서 저의 2모작 인생을 준비해 봐야겠다는 생각이 들었어요."

"우와! 원장님 멋져요. 원장님의 꿈을 응원합니다. 일터가 꿈터가 되겠네요. 우리의 본업과 관련해서 2모작 인생 준비를 할 수 있는 일로 또 무엇이 있을까요?"

"영유아 엄마들만 올 수 있는 차별화된 카페도 좋을 것 같아요. 아이들이 편안하게 놀 수 있는 공간도 만들어 주고 차를 마시면서 자녀 교육 상담도 해드리면 좋지 않을까요?"

"와! 경쟁력 있을 것 같은데요?" 옆에 게시던 원장님이 공감을 해 주셨다.

"우리는 원장 모임에서 만난 원장님들끼리 자금을 모아 폐교를 사서 노후에 사계절 인성 캠프촌을 운영하자고 이야기를 나누었어요."

"와! 모두 멋지세요. 갑자기 희망이 보이죠? 우리가 잘할 수 있으면서 세상에서 필요로 하는 일은 찾아보면 정말 많아요. 이제는 우리의 2모작 인생 계획도 세우고 준비하면서 다시 힘을 냈으면 좋겠어요. 희망이 있어야 앞으로 전진할 수 있고, 지치지 않고 우리의 일을 열심히 할 수 있으니까요. 제가 꼭 부탁드리고 싶은 것은, 우리가 나눈 이야기처럼 지금 하고 있는 일과 관련된 계획을 세우면 좋을 것 같아요. 그래야 지금 하는 일을 더 잘하게 되면서 자신감과 성취감을 동시에 얻을 수 있기 때문입니다."

"소장님의 이야기를 들으면서 조금 희망이 생기네요. 천국이나 지옥은 마음먹기 나름이라는 말도 떠오르고. 지옥에서 하루빨리 빠져나와야겠어요."

힘을 얻고 싶어 오셨다는 원장님들이 듣고 싶은 말은 "그만하자."라는 말이 아니라, "우리는 할 수 있습니다."라는 말이라는 것을 나는 잘 알고 있다.

우리 원장님들이 밝게 웃으면서 교육에만 전념할 수 있는 날들이 하루빨리 왔으면 좋겠다.

제3장 사람이
선물이다

제3장은 소중한 인연에 대한 이야기입니다.
제가 힘들 때마다 다시 일어설 수 있었던 힘은 결국 사람
이었어요.
글을 쓰면서 과거를 돌이켜 보게 되었고 제가 이 자리에
오기까지 수없이 많은 이들의 도움이 있었다는 것을 절절
하게 느낄 수 있었지요.

제3장을 읽으면서 여러분 곁에도 좋은 분들이 많다는 것
을 기억하게 되시면 좋겠어요.
그분들이 얼마나 여러분을 사랑하며 응원하고 있는지 다
시금 느끼게 되신다면 힘을 내실 수 있을 겁니다.

인생의 방향을 잡게 해 주신 은사님

6년간 간경화로 투병하시던 아버지는 엄청난 빚과 우리 삼 남매를 남겨 두고 하늘나라로 먼저 떠나셨다. 아버지가 돌아가시자 새엄마는 본인이 짊어지게 된 삶의 무게를 벅차했다. 그리고 벅찬 삶의 무게에서 오는 짜증을 당시 18살이던 나에게 모두 쏟아냈다.

"내가 미쳤지. 왜 무능력한 남자를 만나서 이렇게 짐만 떠안고……."

"집이 이게 뭐야! 장사하고 와서 엄마가 집까지 치워야 하니? 설거지했으면 정리까지 해야지."

"18살쯤 되었으면 힘든 엄마의 고통을 헤아릴 수도 있잖아. 내가 하루하루 살아내는 것이 얼마나 힘든 줄 아니?"

새엄마의 짜증에 나도 짜증이 났다. 부글거리는 감정을 억지로 잠재우면서 새엄마를 향해 마음속으로 많은 말들을 쏟아냈다.

'엄마만 힘든 줄 아세요? 저도 충분히 힘들어요.'

'제가 아빠 만나라고 했어요? 왜 저한테 화풀이하세요?'

'그러게 왜 아이가 둘이나 있는 남자한테 시집을 왔어요?'

'엄마, 아빠는 스스로 선택한 결과이지만 선택권도 없었던 저는 무슨 죄가 있어요?'

'엄마가 불쌍하다고요? 전 제가 더 불쌍해요.'

'엄마가 나의 억울하고 괴로운 감정을 헤아릴 수 없듯이 저도 엄마의 감정까지 헤아릴 수 없어요.'

우리는 각자의 상처 크기만 생각하느라 상대의 아픔을 알 수 없었다.

현실이 팍팍해 아무 생각 없이 쏟아내는 새엄마의 말들이었다는 것을 지금은 알고 있다. 하지만 그 당시에는 엄마가 하는 모든 말은 그대로 비수가 되어 내 가슴에 박히면서 아픔의 눈물을 흘리는 날들이 계속되었다.

책을 펴도 공부를 할 수 없었다. 나뭇잎이 흔들려도 눈물이 나고, 바람이 불어도 눈물이 나고, 날씨가 화창해도 서러운 감정들이 몰려들었다. 새엄마와 남동생들, 상처를 남겨두고 무책임하게 떠난 아버지가 밉고 원망스러울 뿐이었다.

잘 웃기로 학교에 소문이 나 있던 내가 공부는 안 하고 멍하니 학교 벤치에 앉아 있는 날들이 많아졌다. 나의 삶이 처참하게 느껴졌고 앞으로 어떻게 견뎌내야 할지 막막했고 서러움에 목이

메어 왔다. 나도 모르게 아버지를 원망하는 말들이 마구 쏟아져 나왔다.

"자식을 낳았으면 책임을 져야죠. 책임도 지지 못하고 이리 무책임하게 떠나실 거면 왜 저를 낳으셨어요!"

"자식들에게 아픔을 주면서까지 이혼을 하고 재혼을 꼭 해야 했나요? 자신의 행복을 위해 자식들에게 이리 아픔을 주셔도 되는 건가요?"

"본인의 잘못으로 한 가정을 깨고 이혼을 하고, 전처의 자식들에게 상처를 주면서도 상처를 주고 있다는 것조차 모르는 새엄마와 제가 앞으로 함께 살 수 있을까요?"

"전 아빠가 정말 미워요. 살아 계실 때 실컷 원망을 못 한 것도 한스러워요."

눈물은 아버지를 원망하는 마음만큼 볼을 타고 계속 흘러내렸다.

그때 온화한 미소, 따뜻한 언어들로 '엄마 선생님'이라는 별명을 가지고 계시던 박화선 선생님이 다가와 내 옆에 앉으셨다.

아버지가 돌아가신 후 새엄마와의 갈등에 대해 두어 번 상담을 한 적이 있어서 선생님은 나의 상황을 잘 알고 계셨다.

"우리 선해가 오늘은 더 많이 힘든 모양이구나. 잘 웃던 선해가 이렇게 우는 모습을 보니 선생님 마음이 미어지는구나."

내 마음을 읽어주는 선생님의 따뜻한 한마디에 흐르던 눈물은 흐느낌으로 바뀌었고, 선생님은 나를 따뜻하게 안아주셨다. 한참 울고 나자 선생님은 말씀하셨다.

"선생님은 우리 선해가 이제 그만 아파했으면 좋겠구나. 바꿀 수 없는 과거에 얽매여 자신을 스스로 힘들게 하지 않았으면 해."

"……."

"지금 많이 힘들겠지만 조금만 더 견디고 네가 선택할 수 있는 20살부터의 인생을 잘 계획하고 멋지게 살아갈 준비를 하자. 혹시라도 새엄마와의 관계가 힘들다고 집을 나오거나 후회할 상황들을 만들면 곤란해. 선해는 똑똑하고 지혜로우니까 그런 결정을 안 하겠지만 혹시나 해서 이야기하는 거란다."

선생님의 말씀에 나의 마음을 들킨 것 같아 가슴이 철렁했다. 당시 나는 새엄마와의 관계가 힘들어 가출도 생각하고 있었다.

"선해야. 새엄마는 젊은 나이에 혼자되어 너희 삼 남매와 하루하루를 살아갈 생각에 무척이나 고단하고 힘드실 거야. 힘든 마음을 너에게 모두 쏟아내면서 본의 아니게 상처를 줄 수도 있어. 그러니까 새엄마의 이야기에 상처받지 말고 지혜롭게 이겨내는 선해가 되길 바란다. 선생님이 하는 말, 무슨 뜻인지 알겠지?"

"네."

"너무 힘들면 공부하지 말고 책을 읽으렴. 책을 읽다 보면 힘든 사람들이 역경을 극복한 지혜를 배울 수 있고, 미래에 대한 희망도 품게 된단다."

"네."

"방패막이가 되어 주시던 아버지가 이제 세상에 안 계시니 너는 책 속에서 지혜를 얻어야 해."

"네."

"책을 읽고 그 책에서 가장 교훈이 되는 문장들을 찾아 외우고 실천하렴. 책을 읽는 것도 중요하지만 자신의 삶에 적용하는 것은 더욱 중요하니까."

"네. 명심하겠습니다."

"힘들면 언제든지 선생님을 찾아와도 돼. 너의 힘든 이야기, 아버지 대신 선생님이 들어줄게."

나는 울면서 고개를 끄덕였다. 선생님은 나의 눈물이 멈출 때까지 아무 말 없이 나를 안아주시고 먼저 자리에서 일어나셨다.

그날 선생님의 위로는 내 삶의 지표가 되었다.

'새엄마가 나를 아무리 힘들게 해도 나는 20살까지는 집을 나가지 않는다.'

'나의 인생은 내가 책임져야 한다. 그러기 위해서는 책을 읽고 책 속에서 인생의 방향을 찾아 지혜로운 삶을 살도록 노력할 거야.'

선생님의 조언을 들은 후 힘들면 교과서를 덮고 성공 관련 서적들을 읽어 내려갔다. 그리고 한 구절이라도 외우고 실천하려고 노력했다.

"상황을 바꿀 수 없다면 상황을 보는 눈을 바꿔라."

"피할 수 없다면 즐겨라."

"열심히 살지 말고 어떻게 열심히 살지를 생각하라."

"목표가 있으면 동기 부여가 확실해지고 동기 부여가 확실해지면 목표를 이룰 가능성이 높다."

"긍정으로 무장하라."

"파랑새는 언덕 너머에 있지 않고 책 속에 있다."

은사님의 가르침으로 인해 나는 온 힘을 다해 책을 읽었고 실천할 내용들을 글로 쓰고 외웠다. 그 당시 외웠던 글귀들이 내 미래의 방향을 제시하는 북극성이 되어 주었고, 험난한 풍파를 견딜 수 있는 방패막이 되어 주었다.

책을 읽으면서 긍정으로 무장을 하자 새엄마가 나에게 화를 내도 덜 아파하게 되었다. 오히려 '새엄마도 불쌍하다.', '내가 미워서 그러는 것이 아니라 본인의 삶이 힘겨워 그러는 거야.', '우리를 버리고 도망가지 않고 노점상을 하면서 생계를 유지해 주시는 것에 감사하자.' 등의 마음이 생기기까지 했다.

은사님 덕분에 독서를 하면서 절망 중에도 긍정으로 무장하고, 희망을 찾아 여기까지 잘 올 수 있었다. 내가 이만큼 성장하신 것을 보면 가장 기뻐하셨을 은사님이 보고 싶어지는 날이다. (선생님. 하늘에서도 저를 지켜보며 미소 짓고 계시는 것 맞죠?)

파랑새는 언덕 너머에 있지 않고 책 속에 있다는 것을 알기에 나는 지금도 손에서 책을 놓지 않는다. 살면서 크고 작은 문제들은 늘 생기지만, 나는 책 속에서 얻은 교훈들을 가슴에 새기면서 지혜롭게 이겨내려 노력하고 있다.

이 세상에
꼭 필요한 사람은?

　　고등학교 2학년 때 있었던 일이다. 담임 선생님
이 우리에게 질문하셨다.

　"이 세상에는 세 종류의 사람이 있다고 합니다. 세상에 꼭 필
요한 사람, 있으나 마나 한 사람, 이 세상에 없어야 할 사람. 여러
분은 어떤 사람인가요? '난 이 세상에 꼭 필요한 사람이다.'라고
생각하는 사람은 손들어 보세요."

　담임 선생님의 질문에 많은 친구가 손을 들었지만 그 당시 나
의 자존감은 바닥을 치고 있었기 때문에 손을 들 수가 없었다.

　무엇 하나 잘하는 것이 없으니 '있으나 마나 한 사람'인 것도
같았고, 새엄마에게는 '없어야 할 사람'이 아닐까 하는 생각마저
들기도 했다.

　있으나 마나 한 존재로 여겨졌던 내가 유치원 교사가 되면서,
'어쩌면 나도 이 세상에 필요한 사람일 수 있어.'라는 생각이 조

금씩 들기 시작했다.

자라면서 한 번도 행복하다고 느껴보지 못했는데, 교사를 하면서 행복한 순간들이 자주 생겼다.

아이들이 고사리 같은 손으로 나를 안아주면 가슴이 쿵쾅거리고 입가에 미소가 저절로 번지며 가슴 벅차게 행복했다. 내가 조금만 힘들어 보이면 사랑스러운 우리 반 아이들이 다가와 "선생님, 어디 아파요?", "선생님, 이거 먹어요.", "선생님이 이 세상에서 제일 좋아요."라고 말하면서 나를 위로해 줄 때도 행복했다.

순수한 아이들과 함께하면서 늘 밝은 모습으로 수업하게 되었다.

웃으면서 수업하자 7세 반 아이들이 '미소 천사 선생님'이라는 별명도 지어 주었다.

미소 천사라 불러주는 그 아이들에게 나도 행복을 주기 위해 수업 준비에 더더욱 최선을 다했다.

회식이 있는 어느 날, 원장님께서 나를 원장실로 부르시더니 "고 선생, 오늘 회식 끝나면 시간이 늦어질 테니 택시 타고 가요." 라고 하시며 하얀 봉투에 택시비를 넣어 나에게 주셨다. 나만 특별히 챙겨 주고 계신다는 느낌이 들었다.

"어머! 저만 주시는 거예요? 왜요?"

"그거야 예쁜 우리 고 선생 누가 잡아가면 안 되니까 택시 타고 가라고 주는 거지. 우리 고 선생이 아이들을 위해서 수업 준비도 열심히 하고, 교실 청소도 열심히 하고 다른 교사들이 꺼리는 일까지 솔선수범하고 있는 거 알아요. 우리 한마음 유치원에 꼭 필요한 교사인데 누가 잡아가면 안 되니까 특별히 챙겨 주는 거예요."

"어머! 원장님 고맙습니다."

"지금처럼 아이들을 사랑하면서 교육에 최선을 다한다면 총명한고 선생은 10년 안에 유아 교육계의 빛나는 별이 되리라 믿어요."

"와! 감사합니다. 원장님, 앞으로도 정말 열심히 하겠습니다. 그리고 차비 챙겨 주셔서 정말 고맙습니다."

원장님께 봉투를 받고 원장실을 나오는데 등에서 날개가 나오는 것 같았다. 아니, 이미 날개가 나와서 걷는 것이 아니라 날고 있는 듯한 느낌이 들었다.

내가 유치원에 꼭 필요한 존재라고 이야기해 주시고 10년 안에 유아 교육계의 별이 될 존재라고까지 말씀해 주신 원장님의 칭찬에 나는 세상을 다 가진 것처럼 행복했다.

세상에 태어나 처음으로 나의 존재에 대한 인정의 말을 듣게 되면서 나는 다짐했다.

'그래. 아이들에게 꼭 필요한 교사가 되자. 아이들의 수업 준비에 더욱 최선을 다하자. 죽을 때까지 이 길을 가자. 그리고 이왕이면 유아 교육계의 별이 되는 거야.'

퇴사 후에도 원장님과 오랜 시간 귀한 인연을 이어갔다. 내가 원장이 되었을 때도 가장 기뻐해 주셨고 원장으로서 자리를 잡기까지 물심양면으로 도와주셨다. 강사가 되었을 때도 "내 예감이 틀리지 않았죠? 진짜 유아 교육계에서 반짝반짝 빛나는 별이 되었네요."라고 정말 기뻐해 주시면서 밝은 미소와 함께 내 손을 꼭 잡아 주셨다.

지금도 가끔씩 생각한다.

'내가 유치원 교사가 되지 않았으면 어떤 모습으로 살고 있을까? 내가 잘할 수 있는 일은 아무것도 없다고 생각하면서 과거에 얽매여 낮은 자존감으로 계속 불행하게 살았을지도 몰라. 그리고 나의 외향적인 기질을 발견할 수 있었을까? 아마 발견하지 못하고 내향적이라 믿고 살면서 움츠리고 살았겠지. 지금의 위치(유아행복연구소 소장, 『발표력 교실』의 저자)까지 오는 것은 상상도 할 수 없는 일이었을 거야.'

어린 시절은 존재감 없이 보냈지만, 교사가 되면서 나의 존재를 인정해 주신 원장님과 귀한 분들과의 인연으로 여기까지 올 수 있었다. 나의 존재 가치를 찾게 해 주신 많은 분에게 감사하고 또 감사하다.

자신의 존재를 있는 그대로 인정하고 존중하는 것이 얼마나 중요한지 알기에 나도 처음 모셨던 원장님처럼 함께하는 사람들의 장점을 찾아주려고 노력한다. 그들의 장점을 찾아주고 격려를 아끼지 않을 때, 그들도 나처럼 잠재된 능력을 발휘하면서 일취월장하는 모습을 보여 준다. 일취월장하는 그들의 모습을 보는 기쁨 또한 크다.

다시 태어나도

남편과 연애 시절, 부산 해운대에 갔다. 밤바다의 정취를 느끼면서 해변을 걷고 있는데 어떤 여자가 우리 곁으로 다가오더니 장미 한 송이를 주었다.

"지금 이 장미, 우리에게 주는 거예요?"

"네."

"왜요?"

"두 분이 오늘 밤 이 해운대에서 가장 잘 어울리는 커플 같아서요."

우린 얼떨결에 장미 한 송이를 받아들었다. 처음엔 나이트클럽에서 영업을 나온 사람인 줄 알았다. 의아해하는 우리를 바라보면서 그녀는 이야기를 이어나갔다. 장미를 전해 주는 아가씨의 목소리가 밝지 않았다.

"제가 2시간 전부터 해변을 거닐면서 가장 어울리는 커플을 찾고 있었는데 이제야 만났네요. 두 분 정말 잘 어울리세요. 오래

오래 꼭 행복하시길 바라요."라는 말을 남기고 어두움 속으로 사라졌다. 가게 명함을 주지 않는 것을 보니 영업을 나온 것은 아닌 듯했다.

"실연을 당했나?"

"실연당한 사람이 우리에게 왜 장미를 주겠어."

"그런가?"

"진짜 궁금하네. 왜 장미를 주고 저렇게 사라지는 걸까?"

"뛰어가서 물어볼까?"

"에이. 뭘 물어봐."

"의아하기는 하지만 이 밤바다에서 우리가 가장 잘 어울린다고 하니 기분 좋다. 그치?"

"자기는 잘 어울린다고 해서 기분이 좋아? 나는 오래오래 행복하길 바란다는 말이 축복의 말로 들려서 기분이 더 좋은데."

그녀 덕에 우린 해운대 밤바다에서 특별한 추억을 선물 받았다(지금도 '부산 해운대' 하면 첫 번째로 생각나는 추억이 되었다).

그녀의 축복대로 우리 부부는 27년 동안 행복하게 잘 살아가고 있다.

남편과 약속했다. 우리도 언제가 부산 해운대에 다시 가서 가장 잘 어울리는 커플을 찾아 그들에게 장미 한 송이를 주면서 그녀처럼 축복해 주기로.

우리 부부가 서로 사랑하며 살아가는 모습을 보면서 남동생은 "누나는 결혼 몇 년 차인데 아직도 닭살 부부로 살아?"라고 이야기하고, 지인은 "두 분은 참 교과서 같은 삶을 사시네요."라고 이야기한다.

교과서 같은 부부라는 이야기를 들으니 결혼 초 목사님께서 해 주셨던 이야기가 생각난다.

"결혼해서 부부가 오래도록 행복할 수 있는 방법을 알려드릴까요?"

"네."

목사님의 제안에 우리 부부는 동시에 대답했다. 목사님은 아주 차분한 목소리로 "오래도록 행복한 부부로 살고 싶다면 서로 사랑하면서 살면 안 돼요."라고 말씀하셨고 우리는 의아한 표정을 지으면서 목사님께 질문했다.

"왜요?"

우리의 질문에 목사님은 다시 미소를 지으시면서 "사랑은 오래가지 못하고 금방 식기 때문이지요."라고 답하셨다.

목사님의 말씀에 공감이 가지 않았던 나는 다시 질문했다.

"그럼 어떻게 해야 오래도록 행복하게 살 수 있는데요?"

"남편은 아내를 사랑스럽게 생각하고 아내는 남편을 존중하면서 살아야 해요. 그래야 부부로서 오래도록 행복할 수 있습니다."

목사님의 말씀을 듣고 우리 부부는 어느 정도 설득이 되었다.

남편이 나를 사랑스러운 눈으로 바라봐 줄 것을 생각하니 기분도 좋았다. 남편은 남편대로, 아내가 남편을 존경해야 한다고 하니 기분이 좋은 것 같았다.

우리는 목사님 말씀에 동의하면서 행복한 부부가 되기 위해 나름의 수칙을 정했다.

1. 시댁에 잘하기(남편 요구). 어떤 상황에서도 처가 욕하지 않기(아내 요구).
2. 자녀 교육의 주도권을 한 사람이 갖기(두 사람 중 한 사람이 자녀 교육을 할 때 아이들 앞에서 역성들거나 반박하지 않기).
3. 서로의 부족한 부분을 꼬집어서 이야기하지 않기(서로에게 상처를 남길 수 있으므로).

우리는 이렇게 수칙을 정하고 그동안 서로의 가족에 대해 험담하지 않으려 노력했다. 자녀 교육의 주도권은 내가 가지고 자녀 교육을 할 수 있도록 남편이 밀어주었다.

서로의 부족한 부분에 대해서도 언급을 안 하려고 노력했다. 나의 노력하는 모습을 보면서 몇몇 친구들은 "선해야. 너무 노력하지 말고 그냥 살아. 싸우기도 하고 미울 때는 미워하기도 하면서 사는 게 진짜 부부야. 너무 교과서적으로 살면 피곤하잖아." 라고 이야기했지만 나는 그들의 의견에 동의하지 않았다.

꼭 싸울 일은 싸울 수밖에 없겠지만, 해결하는 과정에서 서로에게 상처를 줄 수 있기 때문이다. 서로 합의가 된다면 부부 행복 수칙을 정하고 사는 것이 분쟁을 줄일 방법이며, 행복할 수 있는 비결이라고 생각했다. 대부분의 행복이 선택하고 노력할 때 오듯이, 부부의 행복도 마찬가지이다. 서로가 노력하지 않으면 행복한 부부 생활을 영위하기 어렵다.

인터넷 사이트에서 본 부부 수칙 중 기억나는 두 가지 수칙이 있다. 김치의 법칙과 수영의 법칙이다.

김치는 다섯 번을 죽어야 한다고 한다. 밭에서 뽑히면서 한 번 죽고, 칼로 배를 가를 때 한 번 죽고, 소금에 절일 때 한 번 죽고, 빨간 고춧가루에 버무릴 때 또 죽고, 마지막으로 우리 입으로 들어가면서 죽어야 김치 본연의 의무를 다하게 된다나.

부부 사이도 이와 같아서 함께하는 동안 성질을 죽이고 또 죽여야 한다고 했다. 살아보니 꽤 공감되는 말인 것 같았다. 나도 다혈질이고 남편도 다혈질인데 스스로를 죽이지 않으면 우리 집은 날마다 전쟁일 것이다. 앞으로도 성질 날 일이 있겠지만 나를 죽이고 또 죽이면서 살아가야지. 어디 나만 죽이고 사는 것일까. 남편도 버럭 소리를 지르고 싶은 순간들이 있어도 참고 있겠지. 가정의 평화를 위해.

수영의 법칙은 수영을 완전히 배운 후 물속에 들어가는 사람은 있을 수 없다고 하면서 서로가 미성숙의 상태임을 인정해야 한다는 것이다. 물속에서 허우적거리기도 하고 때로는 마음과 달리 몸이 말을 듣지 않아 물도 먹어야 하듯이, 부부 사이도 마찬가지라고 했다. 서로가 미성숙한 채로 결혼하기에 배우자에게 완벽을 요구해서는 안 된다.

수영의 법칙 이야기 또한 동의한다. 그래서 가끔 남편에게 불만이 생길 때 자문해 본다.

'고선해. 남편의 행동이 마음에 안 드니? 그럼 너는 완벽하니? 너는 완벽하게 잘하고 있는 것 맞아?'

'아니.'

자문자답하는 동안 남편에게 불만스러웠던 마음이 안정되면서 작은 평화가 찾아오는 순간들이 있다. (그래도 엄청나게 열 받는 일이 있을 때는 아무리 자문자답을 해도 내 중심적으로 생각이 흘러가기에 안정을 찾기 어렵다)

인생에는 세 번의 기회가 찾아온다는 이야기를 들은 적이 있다. 그리고 세 번의 기회를 모두 잡는 사람은 성공한다고 한다. 난 그 말을 들을 당시, 두 번의 기회는 확실히 잡았다고 생각했다.

첫 번째 기회는 나의 천직인 교사의 길을 선택한 것이다. 자신이 진정 좋아하는 일을 만나는 사람은 즐기며 일하기에 좋은 성과로 이어질 확률이 높아지기 때문이다. 세월이 흐를수록 적성에 맞는 이 일을 기회로 잡은 것에 감사하다.

두 번째 기회는 지금의 남편과 결혼한 것이다. 평생의 반려자를 만나는 것은 정말 중요한데, 다른 사람들이 채가기 전에 나의 남자로 선택했으니 기회를 잡은 게 아니겠는가. 좋은 사람을 볼 줄 아는 지혜가 있었기에 돈이나 명예가 있는 사람을 남편으로 선택하기보다는 성품이 좋은 사람을 선택한 것이다.

나의 남편은 외출할 일이 있으면 가장 먼저 준비를 끝내고 나가서 차를 대기하고 기다린다. 때로는 우리가 늦장을 부리다가 20~30분을 기다리게 할 때도 있는데 남편은 화를 내지 않는다. (그런 상황이 닥치면 나는 서두르라고 독촉한다)

다른 지방으로 출장을 다녀서 새벽에 들어올 경우에는 정말 피곤한 상태가 된다. 그런데 남편은 아무리 피곤해도 "아빠, 학교 태워다 주시면 안 돼요?"라고 딸이 애교 섞인 말을 하면 벌떡 일어나 딸의 요구를 들어준다.

배려심이 많은 편이라 평소에 정말 생각지 못한 부분까지 챙겨주면서 감동을 줄 때가 많다.

요즘도 그렇다. 나는 집에 가면 집중이 안 되기 때문에 연구소에서 늦게까지 글을 쓰는 날이 많다. 그럴 때면 저녁에 연구소에 혼자 있는 것이 무서워 남편에게 함께 있어 달라고 요구한다. 남편은 나의 요구에 한 번도 피곤한 기색을 보인 적이 없다.

"나 피곤한 것 신경 쓰지 말고 고 작가님은 편히 글 쓰세요. 작가님 초고 완성할 동안은 무조건 맞추어 드릴 테니."라고 하면서 몰입해서 글을 쓸 수 있도록 신경 써 준다.

남편은 내가 하는 일들을 늘 지지하고 인정하며 작은 부분까지 신경을 써 주기에 집중하며 많은 일에 도전하면서 살아올 수 있었다.

그래서 다시 태어나도 그냥 이 남자랑 결혼할 것이다. 더 좋은 남자를 만날 수도 있겠지만, 정말 이상한 남자를 만날 수도 있기 때문에 결혼만큼은 무모한 모험을 하지 않을 것이다.

동반자

　　2007년은 우리 가정에 처음으로 경제 위기가 닥쳤던 해이다. 하지만 다행히 마음의 위기는 아니었다. 다시 시작하면 된다는 희망을 품고 돌파구를 찾았다. 초보 강사 시절이었기 때문에 나를 아는 사람들은 극소수에 불과했다. 나를 알리려면 광고를 해야 했으나 제작비와 디엠 발송을 할 경제적 여력이 되지 않았다.

　　'어떻게 할까?' 며칠을 고민하다가 투자를 받아 광고를 해야겠다는 계획을 세우고 투자 기획안을 작성했다. 그리고 10명의 지인에게 일일이 찾아가 사업 계획을 브리핑하려고 했는데, 지인을 만나면 차마 입이 떨어지지 않았다. 그래서 다른 이야기만 실컷하다가 돌아왔다. 부탁도 하지 않고 상대방이 거절할 거라는 추측을 미리 했던 것이다. 더 정확하게 표현하자면 '거절을 하면 섭섭한 마음이 들지도 몰라. 그러니 차라리 말을 꺼내지 말자.'라고 생각했다.

'다른 방법이 없을까?' 고민하다가 거절을 해도 전혀 섭섭한 마음이 들지 않을 투자자를 찾아야겠다고 결심했다.

'나의 기획안을 보고 거절을 해도 괜찮고, 투자할 가치를 느낄 수 있는 사람이 누굴까?'라는 생각을 계속하다가 발표력 책을 낸 네오 출판사 사장님께 먼저 사업 기획안을 보내기로 했다.

'내 책을 출판사에서 가지고 있으니 사장님이 손해 보는 장사는 아닐 거야. 그리고 나의 계획대로 일이 잘되면 사장님도 대박 날 수 있잖아.'

무슨 자신감이었는지 모르지만 나에게 투자하면 출판사 사장님도 함께 성공할 거라는 확신이 있었다.

투자를 받기 위해 몇 날 며칠을 고민하면서 세 장의 기획안을 다시 만들었다.

한 장은 투자하면 출판사가 얻게 되는 유익한 점 10가지를 적은 것이었고, 한 장은 나의 지나온 5년의 성과와 미래 5년의 계획을 적은 것이었다. 마지막 장은 투자를 안 하면 사장님이 엄청난 기회를 잃게 되는 것이라는 확신에 가득 찬 나의 감정과 협박 느낌을 담은 편지도 썼다. 당시 내가 투자를 받길 원하는 금액은 천만 원이었다.

그 시절의 나는 컴퓨터를 잘하지 못했기에 중학생이던 아들에게 세 장의 투자 기획안을 워드로 작성해 달라고 했다. 아들은 워드로 작성 후에 나에게 주면서 "엄마. 궁금한 게 있어요. 투자와 빌리는 것의 차이가 뭐예요?"라고 물었다.

"빌리는 것은 빌린 만큼의 돈을 약속한 기일 안에 반드시 갚아야 하는 것이고 투자란 말 그대로 투자이기에 일이 되도록 만들어서 투자한 사람에게 수익이 돌아가도록 노력하는 거란다."

"그럼, 엄마 일이 잘 안되면 사장님이 투자한 돈을 받지 못할 수도 있겠네요? 에이! 그럼 사장님이 못 받을 수도 있는 돈인데 엄마에게 투자하겠어요?"

"엄마는 할 가능성이 높다고 생각하는데?"

"무슨 근거로 그렇게 생각하세요?"

"음……. 엄마는 일이 잘되게 만들어서 사장님이 엄마에게 투자하신 것보다 훨씬 많은 이익금을 줄 자신이 있으니까 엄마의 진심이 사장님께 전달될 거라고 생각해."

"내가 사장님이라면 고민을 많이 할 것 같은데요."

"잘할 자신이 있다니까. 만약 사장님이 엄마에게 투자하면 워드 잘 쳐준 공으로 용돈 3만 원 줄게."

"진짜요? 와! 사장님이 엄마한테 꼭 투자했으면 좋겠어요."

투자를 받은 후, 아들에게 3만 원을 주자 아들은 깜짝 놀라면서 말했다.

"진짜 사장님이 엄마를 믿고 세 장의 기획안을 보고 투자하신 거예요?"

"엄마를 보고 투자하신 것도 맞지만, 엄마가 할 일에 대한 미래 계획을 보시고 투자하신 거겠지."

"와! 우리 엄마 대단한데요?"

"뭘 이 정도 가지고……." 아들의 칭찬에 어깨가 으쓱해졌다.

"아들아. 세상에는 돈이 없어도 남들이 생각하지 못한 아이템이 있다면 이렇게 투자자를 모집할 수도 있는 거란다. 큰 회사들도 모두 마찬가지야. 은행에서 대출이라는 것을 받기도 하고 엄마처럼 투자를 받아서 회사를 키워나가기도 하는 거야. 지혜와 창의적인 생각을 할 수 있다면 돈이 없어도 생각을 이룰 수 있는 길은 많아. 아들도 어른이 되면 참고하렴."

"네. 기억하겠습니다."

하지만, 투자를 받기까지 안절부절못했던 내 마음은 지금도 기억에 뚜렷이 남아있다. 출판사 사장님이 바로 답장할 것이라 생각했는데 내가 명시했던 삼일의 시간이 지나가고 있는데도 답장이 없었다.

'아, 사장님이 거절하시면 안 되는데. 다른 사람에게는 입이 떨어질 것 같지가 않은데 어쩌지?'

하루 종일 안절부절못하다가 '에이, 안 되겠다. 내가 먼저 문자를 보내야겠다. 결과가 어떻든 빨리 알아야 내가 다음 방법을 모색할 수 있어.' 하면서 문자를 보냈다.

사장님, 안녕하세요? 제가 며칠 전에 드렸던 투자 기획안 혹시 검토해 보셨나요? 그리고 답변일이 오늘까지인 것 알고 계시죠? 답변이 없으시면 이 엄청난 투자의 기회는 다른 분께 넘어갑니다. 부디 빠른 답변과 함께 엄청난 기회를 꼭 잡으시길 바랍니다.^^ 기회는 새의 깃털과 같아서 바로 잡지 않으면 순간에 날아갈 수 있습니다.

지금 이 글을 쓰면서 지난 시절의 나를 떠올리니 황당하기 그지없다. 다른 투자자에게 투자를 받을 용기도 없으면서 뭘 믿고 이렇게 협박성이 강한 문자를 보냈는지. 지인들의 말대로 난 정말 연구 대상이다.

마음을 졸이면서 휴대폰만 쳐다보고 있는데 답장이 왔다. 순간 숨이 안 쉬어지는 것 같았다. 크게 심호흡을 하고 문자를 확인하니, 첫 문장이 이러했다.

죄송합니다.

순간 온몸에 힘이 쫙 풀렸다.
'거절 문자구나. 아! 어쩌지?'
그리고 천천히 문자를 읽어나갔다.

소장님, 정말 죄송합니다. 지금 저희 출판사도 부도를
맞아 어려운 상황입니다. 소장님의 능력을 믿기에 더 투
자를 해야 하는데 말씀하신 천만 원만 겨우 가능할 것
같습니다.

문자를 마저 읽으면서 안도의 한숨과 함께 부도에 대한 걱정스
러움이 섞여 머리가 띵했다. 잠시 뒤 다시 문자가 왔다.

저는 소장님을 믿습니다. 투자자가 아닌 동반자로 소
장님과 함께 가 보겠습니다.

이어서 온 문자에 눈물이 핑, 돌았다. 누군가가 나를 믿어준다
는 사실에 감사하고 또 감사했다. 나를 믿는다는 말에 자존감이
높아졌고, 투자자가 아닌 동반자로 함께하겠다는 말에 어깨에
힘이 실리면서 든든함이 느껴졌다. 저녁에 남편에게 문자를 보여
주면서 이야기를 나눴다.

"자기야. 정말 감동이지?"

"그러게. 사장님도 어려운 상황에서 정말 큰 결정을 하셨네."

"나도 그렇게 생각해. 꼭 성공해서 보답해야겠어. 내가 좋아하
는 일이고 유아들을 위해 꼭 필요한 교육이니까 나의 진가를 알
아줄 원장님들이 반드시 계실 거라고 믿어."

"나도 당신 믿어."

"믿어줘서 고마워."

"자기야. 내가 유명해진 후 네오 출판사에 섭섭한 일이 생겨서 만에 하나라도 출판사를 바꾸고 싶다는 이야기를 하면 내가 오늘 가지게 된 감동과 감사의 마음을 잊지 않도록 자기가 꼭 상기시켜줘."

"그럼. 어려울 때 함께해 준 사람의 고마움을 절대로 잊으면 안 되지. 알았어."

네오 출판사 사장님의 도움으로 나는 전국에 디엠을 발송할 수 있었다. 예상했던 대로 유아들의 행복을 원하는 원장님들을 만나게 되는 행운이 연이어 찾아왔다. 동반자로 함께하겠다는 사장님의 투자가 없었다면 가능하지 않은 일이었을 것이다.

경제적으로 암담했던 시기, 부도 속에서도 과감한 결정을 해 주었던 네오 출판사 강태영 사장님이 나의 운명적인 만남 중 한 사람이다. 유아행복연구소가 자리를 잡기까지 3년 이상의 시간이 걸렸는데 도중에 한 번도 불만을 표현하지 않았다. 일에 대해 독촉도 하지 않았다. 연구에 몰입하라고 몇 년 동안 디엠 발송도 출판사에서 대행해 주었다. 같이 일을 하는 과정에서도 이익 창출에 대한 계산보다는 "일부터 되게 만들고 이야기해요."라고 하셨다. 나에게 표현은 하지 않으셨지만, 손실을 감수하셨던 경우도 종종 있었던 것으로 알고 있다.

나름 유명해지기 시작하면서 다른 출판사에서 더 좋은 조건으로 함께 일하자는 제안이 왔다. 나는 정중히 거절했다.

"저희와 함께하는 네오 출판사는 사업의 개념으로 이어진 사이가 아닙니다. 어려운 시간을 함께한 동반자이기 때문에 이익의 경중에 따라 바꿀 수 없습니다."라고 이야기했더니 더 이상 귀찮게 하지 않았다.

강태영 사장님은 말만 동반자로 가겠다고 한 것이 아니라 행동으로 보여 주면서 나보다 더 간절한 마음으로 연구소에서 하는 일들이 잘 되기를 바라시는 정말 고마운 분이다.

강태영 사장님. 고마운 마음을 조금이나마 글로 전합니다. 힘든 시기에 저를 믿어주셨던 사장님과 쭈~욱 동반자로 가겠습니다. 동반자로 함께해 주셨기에 네오와 유아행복연구소가 함께 발전할 수 있었습니다. 진심으로 감사합니다. 앞으로 더 좋은 일들이 우리 앞에 펼쳐지리라 믿습니다. 사장님도 믿으시죠? 아자! 아자! 오~ 예! ^^

백지 수표

2004년, 첫 강의를 할 때 3시간 동안 내가 마신 물의 양은 무려 약 2L였다.

긴장하면 입술이 마르는 것은 예전에 경험해 보았지만, 너무 말라서 혀가 입천장에 달라붙어 떨어지지 않아 물을 마셔야만 입이 떨어지는 경험은 처음 해 보았다.

강의하는 자리에 나를 처음으로 세워 주신 ○○ 연구소 소장님과 약속한 대로 원장님들을 유아로 변신시킨 후 나만의 수업 스타일로 강의를 하는데 다양한 반응이 있었다.

"뭐꼬?"

"강사가 와 저러노?" 경상도 원장님들이 당황스러움을 여과 없이 표현하셨다. 그래서 더욱 긴장되었다.

"오늘 강의 접수 명단을 보니 수강생의 50%가 경상도 원장님이네요. 경상도 원장님들은 반응을 잘하지 않거나 고 원장님의 수업 스타일에 너무 솔직한 반응을 보일지도 몰라요. 나도 초보 강사 시절에 경상도 원장님 때문에 마음고생을 조금 했어요. 그러나 지역적 특성이니 그분들의 반응에 너무 놀라거나 긴장하지 말고 준비한 대로 차분하게 진행하시면 됩니다."

강의 시작 전에 하셨던 소장님의 충고가 무슨 뜻이었는지 강의 당일 온몸으로 느끼는 경험을 했다.

처음에는 대부분의 원장님이 어이없어하시다가 차츰 나의 교수법에 빨려들면서 즐겁게 반응해 주셨다. 하지만 난 여전히 입속이 바짝바짝 타들어 갔고 입이 마르자 혀가 자꾸 입천장에 달라붙었다. 첫 강의 세 시간이 삼십 시간은 되는 것처럼 길게 느껴졌다.

강의를 겨우 마치고 다시는 강의를 하지 않으리라는 결심을 하고 있는데, 앞자리에서 가장 격하게 어이없음을 온몸으로 표현하셨던 원장님이 강의할 때의 반응과는 아주 다르게 정중한 태도로 말씀하셨다.

"강사님, 강의 잘 들었습니다. 강사님 메일 주소 좀 적어 주이소."

그러나 난 그분이 너무 무서워서 메일 주소를 적어드리고 싶지 않았다.

"제 메일 주소는 왜요?"

"이유는 묻지 말고 일단 적어 주이소."

정말 적어드리기 싫었지만, 그분의 카리스마에 압도되어 나도 모르게 메일 주소를 적고 있었다. 며칠 뒤 메일이 왔다. 울산에 있는 유치원인데 출강 와서 교사 교육을 해 줄 수 있냐는 내용이었다. 자료도 따로 준비되어 있지 않았고 한 번도 가 본 적이 없는 울산까지 가서 교육하고 싶지 않았다. 그래서 정중하게 거절 답장을 보냈다. 그런데 내 거절 답장을 보신 원장님은 원으로 직접 전화를 하셨다.

"고 원장님. 교사 교육 왜 거절하시는 겁니까? 이유를 말해 보이소."

내가 원에서 맡고 있는 수업이 있어서 울산까지 갈 수 없다는 메일을 정중히 보냈는데 화를 내는 목소리로 전화를 하셨다(나중에 알게 되었다. 화가 난 목소리가 아니고 경상도 말투가 강해서 화를 내는 느낌이라는 것을. 그런데 그때는 몰랐으니 정말 무섭기만 했다).

"메일에서 말씀드린 대로 제가 거의 매일 수업을 하고 있어서 울산까지 갈 여건이 되지 않습니다."

"그럼, 우리가 고 원장님 계신 하남으로 버스를 대절해서 갈까요?"

"네에? 울산에서 경기도 하남까지 오신다고요?"

"고 원장님이 못 오신다면 내가 교사들과 함께 그곳으로 가겠습니다."

"아닙니다. 제발 그러지 마세요."

"우리가 가는 것이 싫으면 고 원장님이 무조건 오이소. 수업 마치고 마지막 비행기 타고 오시면 되겠네예."

"그럼 선생님들 퇴근 시간이 너무 늦어질 거예요."

"우린 늦은 시간에 교육받아도 상관없어요. 고 원장님 시간에 무조건 맞추겠습니다."

"제가 아침에도 수업을 해요. 그래서 울산까지 가기는 어려울 것 같습니다."

"아침에 몇 시부터 수업을 하는데예?"

"10시 30분부터 합니다."

"그럼 교육 후에 우리 집에서 주무시고 첫 비행기 타고 가시면 오전 수업도 무리 없겠네. 내가 첫 비행기 타도록 공항까지 모셔다 드릴게예."

원장님의 의지가 너무 강해서 난 사실을 고백해야 했다.

"사실은 수업 말고도 이유가 또 있어요."

"말해 보이소."

"사실은 교사 교육할 자료가 따로 준비되어 있지 않습니다."

첫 강의 시 준비한 자료를 3개월 이상 투자해서 만드는 과정에서 엄청나게 고생했는데, 또 그런 고생을 하고 싶지는 않았다.

"나는 또 뭐라고. 그것도 걱정 마이소. 자료 필요 없어예."

"자료 없이 교육하라고요?"

"그래요. 자료 필요 없어요. 고 원장님 웃는 미소만 가지고 오이소. 교육은 우리가 받았던 내용 중에서 일부만 해 주시면 됩니다. 강사료는 얼마 드리면 될까예?"

"갈 수 없다고 말씀을 드렸는데 강사료는 왜 여쭤보세요?"

"고 원장님, 그럼 우리가 진짜 하남으로 갈까요?"

"아니요."

"그럼 울산에 한 번만 와 주시고 받고 싶은 강사료 말씀 하이소."

난 정말 가고 싶지 않아서 강사료를 조금 과하게 불러야겠다는 생각이 들었다.

"70만 원 주실 수 있으세요?"

원장님이 생각하신 금액보다 많다고 느껴지셨는지 바로 답이 나오지 않았다. 당시 유명 강사님들이 80만 원 정도 받는 시기였다. 양심상 명강사님들보다는 10만 원 적게 불렀다.

나는 속으로 '많이 황당하셨죠? 일부러 세게 부른 겁니다. 그러니까 저를 절대 부르지 마세요.'라며 간절히 바라고 있었다. 그러나 잠시 망설이던 원장님은 대답하셨다.

"드릴 테니까 오이소."

더 이상 거절할 명분이 없었다. 나의 시간에 모두 맞추어 준다고 하시고, 교육 자료 준비도 따로 필요 없다고 하시고, 강의비도 원하는 대로 주신다는데 어찌 거절할 수 있단 말인가.

원장님과 약속한 날짜에 비행기를 타고 울산으로 향했다. 원장님의 약속대로 선생님들이 늦은 시간까지 모두 남아계셨다. 원장님의 열정을 닮아 교사들의 열정도 대단해서 첫 강의 때 긴장했던 것과는 달리 준비해 간 내용을 잘 전할 수 있었다. 청중의 적극적인 경청과 반응에 스스로 만족스러운 강의였다고 생각하면서 강의를 마무리하려 하는데 원장님이 큰 소리로 말씀하셨다.

"오늘 모신 강사님, 강사료 억수로 비싸게 주고 모셔 왔으니 배운 대로 열심히 할 수 있죠?"

조금 전의 가벼운 마음은 사라지고 교사들이 어떻게 대답하려나 몹시 긴장되었다.

그러나 선생님들은 밝게 웃으면서 "네!"라고 힘차게 대답하는 것이 아닌가. '와! 대단한 원장님, 더 대단한 교사들이다.'

원장님은 교사들의 대답에 만족스러운 표정을 지으시면서 나에게도 한 말씀 하셨다.

"고 원장님. 우리 교사들이 배운 대로 열심히 안 하면 AS하러 울산에 다시 오셔야 합니다."

나도 선생님들처럼 씩씩하게 대답했다.

"네. 알겠습니다."

강의 후, 원장님 댁으로 갔다. 늦은 밤이라 밥을 먹으면 속이 불편할 것 같아 죽을 준비하셨다고 하면서 정성껏 준비한 죽을 대접해 주셨다. 그리고 원장님이 나를 이렇게 울산에 부른 이유도 이야기해 주셨다.

"10월에 고 원장님 처음 강의를 들을 때 정말 황당했습니다."

"알아요. 그래서 제일 앞자리에 앉아서 '와 저러노?'라며 반응을 격하게 하시면서 저를 더욱 긴장시키셨죠. 저도 그날 많이 당황했어요. 그리고 원장님이 진짜 무서웠어요."

"마음 상하게 할라고 한 행동은 아니었어예. 경상도 사람들은 당황스러울 때 반응이 저절로 겉으로 표출되거든예. 고 원장님도 당황했겠네예. 죄송합니데이."

"그런데 저를 부르신 진짜 이유가 궁금해요. 선생님들 모두 수업을 잘하실 것 같던데."

"처음 강의를 들을 때는 '강사가 와 저리 오버하노?'라는 생각이 들었는데 시간이 지날수록 강의를 하는 고 원장님의 모습에서 아이 사랑과 선한 교육의 목적이 느껴졌어요. 그래서 우리 선생님들에게 고 원장님을 소개하고 싶었어요. 고 원장님처럼 교사들이 수업한다면 아이들이 정말 행복하겠다는 생각도 들었고요."

"아, 그러셨군요."

"그리고 이유가 한 가지 더 있어요."

"다른 이유는 뭘까 궁금하네요."

"내가 사람 보는 눈이 있는 편인데, 고 원장님이 조만간 아주 유명해질 것 같아요. 그러면 우리가 원하는 시간에 모실 수 없을 것 같아서 유명해지기 전에 모신 겁니다. 하하하."

원장님은 새벽에 일어나 된장찌개를 손수 끓여주시고 공항까지 데려다주셨다.

"귀한 대접해 주셔서 정말 감사합니다."

비행기를 타기 전에 원장님의 세심한 대접에 감동하면서 인사를 드렸더니, "고 원장님은 귀한 대접을 받아야 하는 분이에요. 고 원장님이 지금 하는 일은 정말 귀한 일이니 자신이 하는 일에 더욱 자부심을 가지고 앞으로 더 좋은 교육 자료 많이 만들어 주셨으면 좋겠어요."라고 말씀하셨다. 원장님의 말씀에 자존감과 내가 하는 일에 대한 자부심이 급상승하는 느낌이었다.

석 달 뒤 원장님께 전화가 왔다. 교사들의 사기가 떨어졌으니 울산에 다시 와서 AS를 하라는 것이다.

석 달이나 지났는데 AS를? 역시 원장님다우셨다. 망설일 이유가 없었다. 덜덜 떨면서 부족하게 강의했던 나를 처음으로 초청해 주셨고 나의 가치를 인정해 주셨던 귀인의 부탁이라 거절할 수 없었다.

"고 원장님, 이번 강의는 말 그대로 AS이니까 교통비와 밥만 사 줄 건데 괜찮습니까?"

"그럼요."

난 아주 흔쾌히 대답했다. 두 번째 교육 후 원장님과 데이트를 하면서 그분의 교육 철학을 알 수 있었고 많은 교훈을 얻을 수 있는 귀한 시간을 보냈다.

한 달 뒤, 다시 메일이 왔다. 이번에는 AS가 아니고 정식으로 교육을 요청하는 것이라고 하면서 울산에 있는 몇 개 원의 교사들을 모아 놓을 테니 다시 와서 교사 교육을 해달라는 것이었다.

강의 날짜, 강의 장소, 강의 주제, 강의 내용, 자료 등이 한 장에 정리된 내용이었는데 강의 주제가 감동이었다.

* 강의 주제: 고선해의 모든 것.

강의 주제가 '고선해의 모든 것'이라는 말에 미소를 지으면서 읽어 내려갔다. 그리고 강사료 부분에서 나의 시선이 고정되었다.

* 강사료: 백지 수표(여러 원이 모이니까 강사님 마음대로 청구하이소)

메일 끝부분에 있는 원장님의 메시지는 더욱 감동이었다.

고 원장님. 내가 해마다 강사님들을 많이 초대하지만 이렇게 정식으로 강의 의뢰서를 보내는 것은 처음입니다. 강의료를 백지 수표로 책정한 것도 처음입니다. 강의 의뢰서와 백지 수표 이야기를 하는 이유는 그만큼 고 원장님이 유아들과 교사들에게 가치 있는 교육을 하는 사람이기 때문입니다. 그리고 유아 교육계의 별이 될 것이기에 제가 미리 대접해 드리는 것입니다. 큰 성공 이루시고 성공하면 내가 보낸 이 강의 의뢰서를 보여 주면서 "나는 초보 강사 시절부터 이런 귀한 대접을 받았던 사람입니다."라고 꼭 이야기하세요.

감동의 물결을 느끼면서 원장님의 마지막 메시지를 읽고 또 읽었다.

글을 쓰다 보니 나를 인정해 주셨던 그 원장님이 무척 그리워진다. 바쁘다는 이유로 연락을 자주 못 드렸는데 전화를 드려야겠다. 그리고 책이 출간되면 찾아뵙고 감사의 인사를 다시 정중하게 드려야겠다. 실명을 공개하는 것을 싫어하셔서 성함을 쓸수 없음이 안타깝다.

원장님의 응원으로 이리 멋지게 성장했으니 책이 나오는 대로 꼭 찾아뵙고 인사드릴게요.

공병호 박사님

2005년, 『나를 혁명하는 13가지 황금률』이란 소책자를 통해 공병호 박사님을 처음으로 알게 되었다. 그리고 『두뇌 가동률을 높여라』, 『1인 기업가로 홀로서기』, 『명품 인생을 만드는 10년 법칙』 등 공병호 박사님의 책을 연이어 읽었다. 내 인생에 변화를 준 책은 여러 권 있었지만, 강사를 하면서 내게 가장 많은 도움을 주었던 것은 공병호 박사님께서 쓰신 도서들이었다.

『나를 혁명하는 13가지 황금률』은 앞서 소개한 울산 원장님이 교사 교육 후 나에게 선물로 주신 책이다. 울산에서 서울로 오는 동안에 모두 읽을 수 있을 정도의 내용이었다. 책의 목차에 있는 13가지 황금률을 따르기만 하면 나도 성공적인 삶을 살아낼 수 있으리라는 확신이 들었다.

공병호 박사님이 "앞으로는 전문 작가의 시대가 아니다. 평범한 사람들의 성공 스토리가 베스트셀러가 되는 세상이 올 것이다."라는 이야기를 했을 때 '정말 그럴 수 있을 것 같아.'라고 생각했다.

　"소장님이 하시는 강의 내용을 책으로 써 보면 어때요?"

　"훌륭하신 분들이 얼마나 많은데 제가 책을 써요? 글 쓰는 능력은 제게 없답니다."라고 거절했다. 그런데 얼마 뒤 또 다른 원장님이 제안하셨다.

　"소장님. 강의를 들을 때는 공감하면서 고개를 저절로 끄덕이게 되는데 시간이 흐르면 잊어버리게 되네요. 그러니 소장님이 강의하는 내용을 책으로 쓰시면 어떨까요? 그럼 여러 번 읽으면서 기억할 수 있잖아요."

　"요즘 저에게 책을 쓰라고 하는 분들이 왜 이렇게 많을까요? 원장님. 저는 글재주가 정말 없어서 편지 한 장 쓰는 것도 힘들어하는 스타일이랍니다."

　"소장님은 말씀을 재미있게 잘하시니까 말하듯이 쓰시면 되지요."

　(겨우 두 분만 글을 써 보라고 이야기했을 뿐인데 나의 뇌는 정말 이상하다. 많은 사람이 나의 글을 원하고 있는데 두 분만 이야기를 했을 거라고 생각한 것이다. 착각은 자유라지만 내가 생각해도 이런 내가 어이없다)

　삼일 뒤 다른 원장님으로부터 책을 쓰라는 이야기를 또 듣게 되었다.

세 분의 원장님이 나에게 책을 쓰라고 이야기를 하자 나의 뇌가 온 세상이 책을 쓰라고 한다고 인식을 했다.

책을 쓰라고 권한 세 분의 원장님 덕분에 나온 책이 『웃음 헤픈 엄마가 제일 좋은 엄마』라는 책이다.

자비 출판을 한다고 생각하면 일기 쓰듯이 부담 없이 재미있게 쓸 수 있을 것 같았다. 나의 스타일을 아는 지인과 강의에서 적극적으로 반응을 해 준 청중에게만 선물로 줄 생각이었기 때문에 정말 부담 없이 글을 써 내려갔다.

워드 속도가 느린 편이라 노트에 썼고 내가 쓴 글을 우리 원의 교사인 김재은 선생님이 워드로 쳐 주었다. 자비 출판을 할 것이라서 서두를 이유가 없었다. 시간이 날 때마다 조금씩 쓰고 있었는데 김재은 선생님은 나에게 원고를 빨리 달라고 자꾸 재촉했다.

"원장님. 전에 주신 원고는 작업 다 했는데 왜 새 원고를 안 주세요?"

"아! 바빠서 아직 못 썼어요. 쓰는 대로 줄게요."

"시간 끌지 말고 빨리빨리 쓰세요."

"자기가 출판사 사장님이야? 왜 자꾸 독촉해?"

"다음에는 무슨 이야기가 나올까 엄청 궁금해서 그래요."

"어머! 진짜? 자기가 나의 첫 번째 독자인데 뒤의 이야기가 궁금하단 말이지? 갑자기 힘내서 빨리 쓰고 싶어지네. 확실한 동기 부여가 되었어요. 칭찬 고마워요."

재은 선생님의 칭찬에 힘입어 나는 빨리 써야겠다고 마음을 먹고 집필에 집중하기 위해 팔당댐 옆에 자리한 '천사들의 선상 카페'라는 곳으로 출근하는 날이 많아졌다. 그곳에서 음악을 들으면서 하루 종일 글을 썼다.

『웃음 헤픈 엄마가 가장 좋은 엄마』 책이 나온 후 강의를 하러 갈 때마다 몇 권씩 가져가서 청중에게 선물로 주면서 느꼈던 행복한 마음은 이루 말할 수 없다.

내 책을 선물로 받고 읽으셨던 원장님들이 지인과 교사들에게 선물을 주겠다고 5권에서 10권씩 주문을 하셨다. 생각지 못한 수확이었다.

『웃음 헤픈 엄마가 가장 좋은 엄마』 책이 있었기 때문에 『자녀는 부모의 믿음만큼 자란다』 책도 출판하게 되었다. 이림 유치원 원장님이 내가 선물로 드린 『웃음 헤픈 엄마가 가장 좋은 엄마』를 읽고 그 책을 90쪽 전후로 줄여 출판하면 1,000권을 구입하겠다고 하셨다.

원장님의 부탁으로 우여곡절 끝에 다시 썼는데 원장님과 약속한 시간보다 늦게 출판이 되었다. 출판 후 연락을 드리니 급하게 사용해야 해서 다른 책을 이미 구입했다는 것이다.

'첫 책도 지금 연구소에 엄청나게 쌓여 있는데 이 많은 책을 어찌지?'라는 생각으로 며칠을 고민하다가 '다른 원장님들도 부모님께 선물할 소책자를 찾고 있을지도 몰라. 내 강의를 들으신 원장님들께 문자를 보내 보자.'라는 계획을 세웠다.

10년 전에는 지금처럼 컴퓨터로 한 번에 보내는 방법을 몰랐을 때라, 원장님들의 번호를 하나씩 휴대폰에 찍어 가면서 하루 종일 문자를 보냈다. 문자를 보낼 때마다 '될지어다. 반드시 될지어다.'를 되뇌었다. 그러자 기적이 일어났다.

천 권만 찍었는데 그날 하루에만 2천 권의 주문이 들어왔다. 원장님 한 분이 50권에서 200권씩 주문하시다 보니 하루 만에 2천 권이 나간 것이다.

출판사도 놀라기는 마찬가지였다. 바로 재인쇄에 들어갔고 주문은 지속해서 들어왔다.

"완벽은 없다. 행동하면서 배울 수 있는 지혜가 필요하다."도 공병호 박사님이 강조한 말이다.

그분의 말을 100% 믿고 도전했기에 많은 성과가 있었다. 설령 성과가 없어도 그 속에서 여러 가지 교훈을 얻게 되었고 방법을 달리해서 다시 도전하면 된다는 것을 배웠기 때문에 나는 나의 경험들을 실패로 인정한 적이 없다. 절박함과 절실함으로 무장하고 업의 원리와 가치를 찾아 신화창조 하는 삶을 살도록 방향성을 제시해 주신 공병호 박사님도 나에게는 선물 같은 만남이다.

제4장 내가 받은
상처에 감사하며

제4장은 상처에 대해 감사하는 내용입니다.
시련과 상처 뒤에 빛나는 축복이 기다린다는 것을 저는 믿었어요. 시련의 순간들이 생길 때마다 그 어두운 터널에서 빠져나오기 위해 웃음, 긍정, 감사를 나의 것으로 만들며 노력했던 이야기입니다.
웃음, 긍정, 감사는 이 시대를 살아가는 우리 모두에게 꼭 필요한 요소가 아닐까 생각합니다.

이제는 웃으면서
아팠던 이야기도 할 수 있다

　　　　　　AP NOW(적극적 부모 역할) 지도자 과정을 수강할 때의 일이었다. 교육 중 집단 심리 치료 프로그램이 있었다.

"어린 시절 아픔이나 상처가 있었던 경험이나 현재의 아픔에 관한 이야기를 하실 분이 있으면 이야기해 주세요."

교수님의 제안에 청중은 침묵으로 답했다.

"나의 아픔을 여러 사람 앞에서 이야기한다는 것은 쉬운 일이 아니에요. 그러나 이야기를 나누다 보면 그 아픔이나 상처에서 생각보다 빨리 벗어날 수 있어요. 어떤 분부터 용기 내어 보실래요?"

"……."

16명의 사람 중 아무도 말문을 열지 않았다. 홍경자 교수님은 누군가 말문을 열어 주기를 기대하며 조용히 기다리고 계셨다.

무언의 상태로 10분 정도가 지났다. 무언의 상태가 길어지자 살짝 무거운 기류가 흘렀다.

그래서 나는 용기를 내었다.

"그럼 제가 먼저 이야기해 보도록 하겠습니다."

'나도 강의를 하는 사람인데 이렇게 청중이 호응하지 않으면 교수님이 얼마나 난처하실까?'라는 생각에 먼저 말문을 열었다.

"저는 다섯 살부터 새엄마 밑에서 자랐습니다. 아버지는 저희 친엄마와 사별이 아닌 이별을 하시고 재혼하셨지요. 어린 시절의 기억은 그리 많지 않은데 친엄마가 짐을 싸서 집을 나서던 모습과 새엄마에게 '엄마'라고 부르라고 호통을 치던 아버지의 모습이 유아기 때 제 기억의 전부입니다.

지금은 새엄마랑 사는 아이들이 많지만 제가 어린 시절에는 흔한 일이 아니었지요. 『신데렐라』, 『장화홍련전』, 『콩쥐 팥쥐』 등, 동화책에 등장하는 새엄마들은 모두 악녀로 묘사되고 있는 것은 아시죠? 그래서 저는 어린 시절에 새엄마는 나쁜 사람이라는 선입견이 있었어요. 하지만 저희 새엄마는 그리 나쁜 분이 아니었어요. 다만 다혈질적인 면이 있어서 말을 직설적으로 하는 사람이었어요. 매를 맞아본 기억은 없지만, 새엄마의 말에 상처를 입은 적은 많아요. 중요한 것은 제가 새엄마라는 선입견이 있어 사소한 이야기에도 상처를 받았다는 거죠.

저는 새엄마랑 산다는 사실이 너무 싫었고 창피했어요. 나의 잘못도 아닌데 왜 그리 창피해하면서 열등감을 가지고 살았는지 모르겠어요. 심지어 남편에게도 새엄마의 존재를 이야기하지 않앉어요. 결혼해서 살면서 혹시나 제가 감정을 추스르지 못하면서 화를 낼 때면 남편이나 시댁 식구들이 '새엄마 밑에서 자라서 상처가 많아서 저러는 거야.'라고 생각할 것 같았기 때문이었어요. 그리고 남편이 장모를 소홀히 대하면 어쩌나 싶기도 했고요. 친엄마는 결혼식에도 못 오게 했어요. 시댁 식구들과 남편이 이 모든 것을 알게 되는 것이 싫었거든요.

지금 생각하면 참 바보 같은 짓을 한 것 같아 두고두고 후회하는 일 중 하나입니다. 친엄마도 결혼하는 딸의 모습을 정말 보고 싶으셨을 텐데. 친엄마의 존재는 결혼하고 3년이 지난 후에 남편에게 이야기했어요."

내가 이야기하는 동안 몇몇 사람은 안쓰러운 눈빛으로 나를 바라보았고, 일부는 '남편에게 말 못 할 이야기는 아닌 것 같은데?'라는 눈빛을 보이시는 분들도 있었다.

다양한 시선을 느끼면서 청중에게 질문했다.

"제가 외향적으로 보이나요? 내향적으로 보이나요?"

대부분 외향적으로 보인다고 답해 주었다.

"모든 성격 유형 검사에서 저는 외향적으로 나오는데 오랫동안 내향적인 줄 알고 살았어요. 새엄마와 아빠의 눈치를 보면서 제 생각도 자신 있게 표현하지 못했기 때문에 내향적인 줄 알았어요. 어린 시절은 우울한 나날들이었지만, 천직인 유치원 교사가 되면서 행복을 느끼는 날들이 많아졌어요. 교사의 특성상 앞에서야 하는 경우가 많다 보니 내면에 있던 기질이 발휘되었고 원장님께 많은 인정도 받았지요. 지금은 과거의 상처에서 벗어나 나름대로 잘 살고 있다고 생각합니다. 어떻게 잘 살고 있냐고요? 저처럼 눈치를 보거나 자신의 생각을 표현하지 못하는 아이들을 돕겠다는 사명감을 가지고 아이들의 자존감을 높여 주는 다양한 교수법들을 만들어 전국의 유아 교사들에게 전파하면서 보람을 느끼면서 살고 있어요. 그래서 어린 시절의 상처나 아픔이 있었음에 감사하게 되었어요."

나의 스토리가 끝나자 홍경자 교수님이 "용기 내어 먼저 말문을 열어주신 고선해 님께 사랑의 박수를 부탁드립니다."라고 말해 주셨다.

팀원들의 박수를 받고 미소를 지으면서 인사를 드렸다. 교수님의 말씀이 다시 이어졌다.

"고선해 님의 이야기를 들으면서 비슷한 상처가 있다고 생각하는 부분이나 이야기를 들으면서 느끼게 된 생각들을 자연스럽게 이야기해 주시면 좋겠네요."

"5살 선해에게 예쁘다고 제가 한 번 안아주고 싶어요."

바로 옆에 있던 파트너가 나를 포근하게 안아 주었다.

"힘든 시절을 이겨내고 웃으면서 자신의 이야기를 해 주시고 자신의 상처를 사명으로 만든 멋진 분이라는 생각이 드네요."

내 앞에 앉았던 수정 씨가 이야기하자, 그 옆에 앉아 있던 필순 씨가 말했다.

"저는 생각이 달라요. 선해 씨는 아픈 자신의 이야기를 웃으면서 마치 남의 이야기하듯이 참 해맑게 하네요. 아픈 이야기를 웃으면서 하는 부분이 이해가 안 되네요. 본인의 감정에 솔직한 것 맞나요?"

필순 씨의 직선적인 표현에 나는 살짝 당황했다. 일부 청중도 당황한 표정이 역력했다. 예전의 나라면 바로 반박에 들어갔을 텐데 그날은 반박하고 싶지 않았다. 질책 아닌 질책을 받았는데 민망하지도 않았다. 내가 웃으면서 이야기한 것에 대해 잠시 성찰하고 있었다. 나도 예측하지 못한 감정이었다. 청중들은 '내가 어떤 말을 할까?'라는 표정으로 나를 바라보았고 교수님이 먼저 질문하셨다.

"고선해 님은 박필순 님의 이야기를 들으면서 어떤 생각이 드셨나요?"

"너는 왜 아픈 이야기를 웃으면서 했니? 너의 솔직한 감정은 뭐니? 등의 질문을 던지고 있었어요."

"그 질문에 대한 답을 찾으셨나요? 혹 화가 나지는 않나요?"

"평소의 저라면 화가 날 수도 있는데 오늘은 이상하게 화가 나지 않네요."

"대부분의 사람은 자신이 한 이야기에 공격을 받으면 화를 내거나 자기방어를 하게 되거든요."

"사실은 저도 속으로 놀라고 있어요. 반박하고 싶다는 생각도 안 들고, 마음이 상하지도 않고, 화가 나지도 않네요. 저도 저의 감정에 놀라고 있어요."

"그렇군요."

"제 상처가 아직 진행 중이었다면 오늘 이렇게 용기 내어 이야기하지 않았을 거예요. 아무도 발표하지 않으니 저라도 해야 한다는 오지랖으로 이야기했어요. 그런데 이야기하다 보니 저 자신과 소통하는 귀한 시간이 되었고, 몇 분에게 위로를 받을 수 있어서 감사했어요. 아픈 이야기를 웃으면서 할 때 필순 씨처럼 의문을 가질 수 있다고 생각했어요. 같은 말을 들어도 저마다 달리 해석할 수 있으니까요. 지금 말을 하다 보니 필순 씨의 질문에 대한 저의 생각이 정리되었어요."

"어떻게 정리가 되었나요?"

홍경자 교수님이 호기심 가득한 눈빛으로 질문하셨고 팀원들도 나의 입에서 어떤 답이 나올까 궁금해하는 눈빛이었다.

"필순 씨의 질문에 답을 할게요. 아픈 이야기를 웃으면서 할 수 있는 사람이 바로 저예요. 새엄마 밑에서 자란 것은 저의 힘으로 어쩔 수 없는 일이잖아요. 제 의사와 상관없이 상처를 받고 부모님들을 원망한 시간이 있어 불행하다고 생각하면서 자랐어요. 그런데 상처가 있었기에 현재 제가 하는 일에 사명감을 느끼게 되었다는 귀한 진실을 알게 되었지요. 그래서 이제 더 이상 아프지 않고 웃으면서 저의 상처를 이야기할 수 있었어요."

나의 대답에 여러 사람이 고개를 끄덕이며 공감해 주었다. 필순 씨도 아까와 다른 눈빛으로 말했다.

"아! 그렇군요. 저 또한 선해 씨와 비슷한 상처가 있는데 저는 이야기를 꺼낼 수가 없었어요. 아직도 어린 시절을 생각하면 눈물이 앞을 가려 말을 이어 나갈 수가 없어요. 선해 씨의 상처는 이제 더 이상 상처가 아니라는 생각을 하게 되네요. 선해 씨가 부러워요. 난 아직 어린 시절 상처에서 빠져나오지 못하고 있거든요. 저도 오늘 이후로 나의 상처가 내 인생에 미친 긍정적인 영향은 무엇일까 생각하며 상처에 대한 관점을 바꾸어 봐야겠다는 마음이 드네요."

우리의 이야기를 듣고 홍경자 교수님이 상기된 목소리로 말씀하셨다.

"오늘 실습은 100% 성공입니다. 오늘 실습의 목표는 자신의 상처를 이야기하며 성찰하고, 다른 사람의 이야기를 들으면서 자신의 상처를 기억하거나 상처를 바라보는 관점에 대해 생각을 나누는 것이었어요. 고선해 님의 이야기를 통해 박필순 님과 우리는 상처를 바라보는 관점을 생각하게 되었기 때문에 오늘의 수업 목표를 달성했습니다. 자신의 상처를 사명으로 승화시킨 고선해 님을 안아주며 오늘 교육을 마무리하겠습니다."

팀원이 격려의 말들과 함께 나를 안아주었다. 그 순간 내가 참

괜찮은 사람이 되는 것 같았다. 용기 내어 실습에 참여했기에 얻을 수 있는 축복이었다.

교육 후 집으로 돌아오는데 감사의 기도가 저절로 나왔다.

하나님, 감사합니다.

오늘 교육을 통해 내가 얼마나 멋지게 성장했는지 알게 해 주셔서 감사합니다.

팀원들의 격려를 받으면서 행복을 느끼게 해 주셔서 감사합니다.

힘들고 어려운 시간을 잘 견디게 해 주셔서 감사합니다.

넘어지려 할 때마다 사랑의 음성으로 붙들어 주셔서 감사합니다.

아픈 이들을 돕겠다는 사명감을 갖도록 도와주셔서 감사합니다.

상처가 축복이 될 수 있다는 귀한 진리를 알게 해 주셔서 감사합니다.

넘치는 축복 주셨으니 꼭 나누는 삶을 살겠습니다.

참 좋으신 예수님 이름으로 기도합니다.

아멘.

책을 읽은
덕분에

고등학교 2학년 때 아버지가 돌아가시고 새엄마와의 갈등으로 내가 힘들어할 때 은사님이 조언을 해 주셨다.

"선해야. 너무 힘들면 공부하지 말고 책을 읽으렴. 책을 읽다 보면 힘든 사람들이 그 상황들을 이겨낸 지혜를 배울 수 있고 미래를 희망적으로 볼 수 있게 된단다. 너의 방패막이 되어 주시던 아버지는 세상에 안 계시니 너는 이제 책 속에서 지혜를 얻고 스스로 일어서야 해. 책 속에서 지혜를 찾고 실천하다 보면 반드시 성공할 수 있단다."

내 의사와 상관없이 힘들었어야만 했던 어린 시절이 너무도 싫었기에 내가 선택할 수 있는 인생에서는 반드시 성공하고 싶었다. 그래서 은사님의 조언대로 정말 열심히 책을 읽었다.

20대 초반에 읽은 책이다. 제목은 기억이 나지 않는다.

성공을 위해 열심히 살고 있나요? 그래서 성공하셨나요? 성공하고 싶다면 이제 열심히 살면 안 됩니다. 어떻게 열심히 살아가야 할지를 생각해야 합니다.

당시 책을 읽으면서 나는 저자의 논리에 설득되었다.

'맞아. 무조건 열심히 산다고 성공할 수 없어. 어떻게 살아야 할지를 생각하는 사람이 같은 조건에서 훨씬 큰 성공을 이룰 것 같아. 이 책의 교훈은 어떻게 열심히 살지를 생각하며 살라는 거야.'라고 되뇌며 책을 덮었다.

덕분에 나는 20대 초반부터 '어떻게 살아야 할까?'에 대해 치열하게 고민하면서 책에서 답을 찾고 실천하려 노력했다.

세계적인 베스트셀러 『부자 아빠 가난한 아빠』에서도 이와 같은 교훈을 들려주었다.

책의 저자인 로버트 기요사키에게는 두 명의 아빠가 있었다. 자신을 낳아주고 박사 학위를 취득하여 좋은 회사에 다니는 가난한 아빠, 고등학교도 채 졸업하지 못한 가장 친한 친구의 아빠인 부자 아빠. 저자는 두 아빠에게 부자가 되는 방법을 배우게 된다. 진짜 아빠인 가난한 아빠는 "공부를 열심히 하고 좋은 직장에 취직해서 최선을 다해서 살면 부자가 된다."라고 가르쳤다. 친구의 아빠인 부자 아빠는 "무조건 열심히 일한다고 부자가 되는 것은 아니다. 그리고 돈을 위해 일해서도 안 된다. 돈이 자신을 위해 일할 수 있는 시스템을 만들어야 한다."라고 가르쳤다. 저자는 부자 아빠의 가르침을 따르기로 결심했다.

진짜 아빠는 은퇴 후 가난한 삶을 살게 되고, 부자 아빠는 하와이에서 손꼽히는 부자가 되었다.

어떤 차이가 있었을까? 책을 읽다 보면 앞에서 말한 '어떻게'에 답이 있다는 것을 알 수 있다.

처음 원장을 했을 때는 내가 많이 부족해서 아픔이 많았다. 특히 교사들이 얼굴에 안개를 드리우고 원장실로 들어와 "원장님, 드릴 말씀 있어요."라고 이야기를 할 때가 제일 힘들었다.

'교사들이 왜 그만둘까?', '어떻게 하면 좋을까?' 그 해결 방법을 찾다가 생각한 것이 책 나눔이었다.

교사들에게 매달 책을 한 권씩 선물로 주었다. 선물을 받고 좋아하면서 읽는 교사도 있었지만, 책을 펴 보지도 않는 교사들도 있었다.

그래서 나는 또 '어떻게 할까?'를 고민하다가 내가 읽었던 내용 중에서 교사들에게 도움이 될 만한 부분들을 A4용지 한두 장에 요약한 후 선생님들에게 짧은 메모와 함께 나눠주었다. 그냥 주면 안 좋아할 것 같아서 예쁜 편지 봉투에 넣어서 주기도 하고, 박카스에 싸서 주기도 하고, 작은 선물과 함께 주기도 하는 등

다양한 방법으로 주었다.

가끔 내가 너무 바빠서 준비를 못 하면 선생님들이 나에게 먼저 물어보았다.

"원장님, 이번 주에는 왜 안 주세요?"

"뭘?"

"책 나눔 편지요."

"앗! 바빠서 준비를 못 했어요. 근데 선생님들이 읽기는 해요?"

"그럼요. 가끔은 토론 아닌 토론도 하고 책을 직접 사서 읽는 선생님도 있어요."

하지만 처음부터 책 나눔 편지가 효과를 거둔 것은 아니었다. 처음에는 보지 않는 교사가 더 많았다.

6개월 정도가 지나자 반응을 조금씩 보였다.

변화가 생긴 것은 일 년이 지나면서부터였다. 교사들이 책 나눔 편지를 읽다가 책에 관심을 가지게 되었고 차츰 나처럼 꿈을 갖기 시작했다. 꿈이 생기자 일도 스스로 찾아서 하면서 차츰 주도적으로 변하고, 회의할 때도 서로의 견해차를 좁히는 데 아주 수월해졌다.

원장을 하면서 책 나눔 편지가 선생님들과 한 방향으로 교육을 하는 데 도움을 주었기에 연구소 소장을 하는 지금도 책 나눔 편지는 이어가고 있다.

매주 화요일, 부모님들과 교사들에게 도움이 될 만한 책 내용을 요약하고, 마지막 부분에는 원장님이 그들에게 마음을 전할 수 있는 메시지까지 첨부해서 연구소 카페에 올리는 형식이다. 그러면 원장님들은 책 나눔 편지를 출력해서 부모와 교사들에게 일주일에 한 번씩 전달하신다.

교사를 할 때는 '돈은 없지만 어떻게 하면 원장을 할 수 있을까?'를 생각했다.

원장이 되어서는 '어떻게 차별화된 교육과 행사를 할까?'를 생각했다.

강사가 되어서도 '어떻게 다른 강사님들과 차별화를 할 것인가?'를 생각했다.

책에서 깨달은 것처럼, 그냥 열심히 하기보다는 늘 '어떻게'를 생각했기에 여기까지 성장할 수 있었다.

그뿐만이 아니다. 어려움이 닥쳤을 때도 나는 책을 폈고 상처를 받아도 책을 폈다.

꿈을 꾸고 목표를 가지고 살아가게 된 것도, 긍정의 언어로 힘든 상황들을 이겨 낸 것도, 감사의 힘을 알고 작은 일에 감사하면서 살게 된 것도 모두가 책에서 얻은 교훈들을 실천한 결과 중 하나이다.

우리가
주인인 것 같아요

　　　　　　　"손님 말투가 서울 말투인데 대구에는 일 보러
오신 건가요?"

"아니요. 이사 왔는데요."

"아니, 여기서는 서울 못 올라가서 난리인데 왜 대구로 이사를
왔어요? 혹시 망해서 왔나요?"

"아니요."

"그런데 대구까지 이사를 왔어요?"

"망하면 대구로 이사를 오나요?"

"아니요. 꼭 그런 것은 아니지만, 이해가 되지 않아서요."

"대구가 좋아서 이사 왔어요."

대구에서 택시를 타면 기사님 열 분 중 여덟 분은 내가 대구로
이사 온 것에 의아해하면서 꼭 이유를 물어보신다.

유아행복연구소는 지금 대구에 있다. 집도 이사를 왔다.

2010년에 우리가 대구로 이사를 온 이유는 여러 가지가 있다.

전국에서 우리 강의를 들으시는 분들 중에서, 경상도 지역의 수요자가 가장 많았다. 그래서 2박 3일에서 3박 4일의 일정으로 경상도로 출장을 가는 경우가 많아 한 달에 몇 번씩 외박을 해야 했다. 집안일과 아이들을 돌봐주시는 할머니가 계셨지만, 초등학생이던 딸은 엄마와 여러 날 동안 헤어져 있는 것이 불만이라고 했다. 나 또한 아이들과 떨어져 있는 시간이 많아지자 점차 고민이 되었다.

그래서 이사를 결심했다. 내가 생각한 지역은 대전이었다. 강의가 전국적으로 진행되기에 여러 지역을 오갈 수 있는 적당한 거리의 접점이었고 외박을 많이 안 해도 될 것 같았다. 그러나 남편이 반대했다.

"우리 고객이 어디에 제일 많지?"

"그야 경상도지."

"그럼 경상도로 가야지. 왜 대전이야?"

"거리상으로 전국을 다니기에 적합하다는 생각이 들어서."

"이왕 이사할 거라면 수요가 많은 지역으로 가야 해. 강원도, 충청도, 전라도 인구를 합쳐야 경상도 인구야. 그러니 고객이 많은 경상도로 가야지."

남편의 말에 설득되어 2010년 2월 말에 대구로 이사를 왔다. (지금은 우리가 살던 서울과 경기도에서도 많은 고객이 생겨서 이제는 타

지역에서 외박을 한다.^^)

대구로 연구소를 옮기면서 개강하는 강의마다 대박 행진을 이어갔고 회사도 3배 이상의 급성장을 하게 되었다.

처음에는 동대구역과 가까운 7층 건물을 임대해서 사용했고 2016년 4월에 대지 300평 규모에 지금의 터전을 마련했다.

소장실의 블라인드를 열면 초록 잔디와 파라솔이 보인다. 일하다가 가끔 집중이 안 되어 잔디로 나가서 차 한 잔을 마시면 바로 기분이 좋아진다. 고맙게 가끔 새들도 찾아와 노래하면서 나의 마음을 즐겁게 해 준다. 교육에 일찍 오신 분들이 차를 마실 수 있는 힐링의 공간으로 사용하면 좋을 것 같아서 이곳을 선택하게 되었다.

연구소 터전을 새롭게 마련한 것을 아신 원장님들이 개소식(開所式)을 하라고 요구하셨다.

나 역시 늘 믿음을 가지고 연구소가 주최하는 강의에 오셨던 원장님들께 감사의 마음을 전하고 싶었다. 어떻게 마음을 전할까 고민하다가 특별한 선물을 하고 싶었다. 살면서 웃음이 주는 기적을 수없이 경험했기에 원장님들께 웃음을 선물하면 좋겠다는 생각이 들었다. 한국 웃음 연구소 이요셉 소장님을 강사로 모시기로 했다. 이요셉 소장님은 특유의 능력으로 원장님들을 무장해제시키면서 '나를 살리는 웃음'이라는 주제로 웃음과 감동을 선물해 주셨다.

2005년에 웃음 치료 강의를 듣고 오랫동안 미워했던 아버지를 용서하게 되었고 아픈 내 마음도 치유받을 수 있었다. 그래서 원장님들께 꼭 만나게 해드리고 싶었던 분 중에 한 분이었는데, 개소식에 모시게 되어 정말 기뻤다.

개소식에 참석한 원장님들은 원장님의 원을 오픈한 것처럼 기뻐해 주셨다. 연구소에서 준비한 출장 뷔페 음식을 드시면서 서로가 서로에게 말씀하셨다.

"많이 차렸으니 실컷 드세요. 부족한 것 있으면 말씀하시고요."

"아이고! 원장님, 서울에서 오셨다면서요. 앞에 서서 먼저 가져가세요. 그리고 이따 가실 때 동대구역까지 모셔다드릴게요. 가실 때 제 차 타세요. 이러고 있으니까 내가 꼭 주인 같네."

"어머! 나도 지금 그 생각하고 있었는데. 호호호."

"소장님이 잘되시는데 왜 우리가 기분이 좋을까요?"

"그건 아마 소장님의 진심과 그동안의 노력 덕분에 여기까지 오시게 된 것임을 알기 때문인 듯해요."

원장님들의 대화를 들으면서 행복한 마음이 들었다. 그리고 나도 그 대화에 함께했다.

"우와! 오늘 들은 이야기 중 지금 원장님들이 하신 말씀이 가장 가슴에 남는 것 같아요. 맞아요. 강의하고 연구만 하는 것이 목적이라면 동대구 빌딩 7층으로도 충분하지요. 이렇게 넓은 공간은 필요 없어요. 원장님들과 함께 여러 가지 일을 하면서 꿈 너머의 꿈을 이루어 가고 싶다는 목적으로 이곳을 마련했어요. 말하지 않아도 제 마음이 전달되었나요? 연구소를 우리의 것으로 생각해 주시니 정말 행복해요. 우리의 공간 맞습니다. 언제든지 힐링이 필요하면 오셔서 쉬었다가 가세요."

개소식 당일, 초대받은 손님보다 주인인 손님이 더 많았다. 나를 축하해 주는 것이 아니라 서로를 축하하는 묘한 분위기여서 더욱 감사하고 행복한 개소식이었다.

긍정으로 무장하면
행복해진다

"와! 오늘은 날씨가 화창하니까 마음마저 화창해지네요. 왠지 좋은 일이 생길 것 같은 참 좋은 날씨죠?"

"소장님이 일하기 안 좋은 날씨가 있나요? 소장님은 어떤 날씨든지 항상 일하기 좋은 날씨라고 하시잖아요."

"제가 그랬나요?"

"늘 그러셨죠. 비가 오면 집중이 잘될 것 같다고 하시고, 바람이 불면 일도 시원하게 잘 풀릴 것 같다고 하시고, 흐리면 마음이 차분해져 아이디어가 쏙쏙 나올 것 같다고 하시고, 해가 쨍쨍 뜨는 날에는 기분까지 밝아져 일이 잘될 것 같다고 하셨잖아요. 궁금한 것이 있어요. 진짜로! 언제나! 저절로! 그런 생각들이 드시나요?"

실장님의 이야기를 들으면서 생각해 보았다.

'아, 진짜 그런가?'

나의 답은 '진짜 그래.'였다.

처음에는 어떤 상황(날씨)에서도 긍정적으로 생각하고 일해야 한다는 생각에 입 밖으로 소리 내면서 의도적으로 연습했다. 연습은 습관이 되었고 지금은 나의 뇌가 모든 날을 좋은 날로 받아들이며 어떤 날씨여도 감사하다는 마음을 갖게 되었다.

"날씨만 그런 줄 아세요? 2010년에는 '2010'이라는 숫자가 왠지 안정적으로 느껴진다고 하면서 좋은 일만 일어날 것 같다고 하셨어요. 생각나세요?"

"나도 잊고 있었는데 실장님은 어떻게 아직까지 기억해요?"

"단순한 숫자에서 안정적인 느낌이 든다는 이야기와 소장님의 해가 될 것 같다고 하신 말씀을 들으면서 '참 초긍정이다.'라는 생각을 했기에 시간이 지났는데도 기억이 나는 것 같아요."

"그해에는 정말 그런 생각이 들었어요. 2010년이 시작되는 1월 1일부터 뭐든지 잘 풀릴 것 같다는 생각이 저절로 들더라고요. 그런데 말이 씨가 된다고 우리 연구소가 2010년부터 대박 행진을 이어나갔잖아요."

"정말 말이 씨가 되나 봐요."

2012년 광주에서 부모 교육 고급 과정을 수료할 때, 아이캔 유치원 원장님께서 하셨던 말씀이다.

"소장님 제가 요즘 『그건, 사랑이었네』라는 책을 읽고 있는데 소장님과 저자 한비야 씨가 참 많이 닮았다는 생각이 드네요. 소장님이 그 책을 쓰셨다고 해도 믿겠어요."

"어떤 면이 저랑 닮았다고 생각하나요?"

"공주병, '남에게 주자' 학파, 밝은 웃음소리, 긍정 대마왕 등 닮은 점만 이야기하려고 해도 한참 걸리겠네요. 소장님이 직접 사서 읽어 보세요."

아이캔 원장님의 이야기에 책의 내용이 정말 궁금했다. 그렇게 멋진 분과 내가 닮았다니. 그래서 다음 날 바로 구입했다.

책장을 많이 넘기지 않아도 어떤 면에서 나와 닮았는지 알 수 있었다.

단숨에 책을 읽고 아이캔 원장님의 이야기처럼 저자와 비슷한 점을 적다 보니 20가지도 넘었다. 잘 웃는 것, 호들갑스러운 것, 오버하는 것, '남에게 주자' 학파가 되고자 하는 것, 빠르게 말하는 것과 높은 목소리 톤, 즐거운 상상력을 하는 것, 독서에 대한 열정이 넘치는 것, 일을 즐기는 것, 수다 떨듯이 책을 쓰는 것 등.

나는 정보를 얻기 위해서도 책을 읽지만, 나 자신을 확인하기 위해서도 책을 읽는다. 책을 읽으면서 성공한 사람들과 나의 공통점을 찾고 그것을 책 뒷장에 써 보면서 어린아이처럼 즐거워한다.

"앗싸! 나도 성공자(成功者)의 기질을 타고났다."

"오~예! 나도 성공이 머지않았네."

"어머! 내 생각도 훌륭한 생각이었네."

으하하! 오호호!

(어이가 없으시죠? 제가 생각해도 그래요. 하지만 여러분도 한비야 씨나 저처럼 살아 보라고 권하고 싶어요.^^)

가끔 나에게 이렇게 이야기하는 사람들이 있다.

"긍정을 넘어 병이네요. 상태가 심각한 것 같은데, 병원에 안 가 봐도 되겠어요?"

어처구니가 없어서 하는 말인 줄 알지만 당황하지 않으면서 대답한다.

"병원에 가 봤죠. 그런데 약이 없다고 그냥 생긴 대로 살라고 하네요. 그러나 주위 사람이 조금 괴로울 수는 있으니 양해를 먼저 구하라고 했어요."

나의 대답에 사람들은 어이없는 웃음을 지은 후, "와! 졌다. 제가 소장님 긍정에 졌어요."라고 하면서 두 손 들고 포기한다.

나도 한비야 씨처럼 나 자신을 안다. 평범한 사람들이 보면 어이없을 수 있다는 것을.

하지만 이렇게 사는 내가 마음에 쏙 든다.

다만 내가 한비야 씨와 다른 점이 있다면, 나는 주위 사람들도 나처럼 만들겠다고 작정하고 심하게 긍정을 강요한다는 점이다.

"여러분도 저처럼 살아 봐요. 이렇게 사는 제가 불행할까요, 아니면 행복할까요? 딩동댕! 완전 행복해요. 지금은 저를 어이없게 보고 계시지만, 잠시 후 여러분도 저처럼 변해 가는 것을 느낄 거예요."

난 즐겁게 살 수 있는 방법, 행복하게 살 수 있는 방법을 경험했기에 이를 많은 이들에게 꼭 전파하고 싶다.

긍정적으로 행복하게 살고 싶다면, 긍정적이고 행복해 보이는 사람들을 만나야 한다. 모임에 가더라도 남편 욕, 시댁 욕, 자식을 흉보는 모임보다는 긍정적인 대화를 나누는 모임에 갈 것을 권한다.

모임에 나가서 자리를 정할 때도 밝은 사람 옆에 앉으라고 권한다. 긍정, 웃음은 강한 전염성이 있기에 밝은 사람 옆에 있으면 함께 행복해진다.

우울한 사람이나 부정적인 사람과 함께하면 어느 순간 나도 우울해지고 부정적인 언어들이 나오게 된다.

힘든 시간을 견디기 위해 성공 관련 서적을 읽고, 지푸라기라도 잡는 심정으로 책에서 시키는 대로 긍정의 언어를 훈련했다.

"난 할 수 있다."

"난 이 세상에 단 한 명뿐인 소중한 사람이다."

"피할 수 없으면 즐기자."

"상황을 바꿀 수 없다면 상황을 보는 눈을 바꾸자."

"나는 인복이 정말 많은 사람이다."
"난 정말 운이 좋은 사람이야."

긍정을 훈련한 결과 지금은 긍정에 관한 자료를 만들고, 긍정의 언어로 강의하고, 긍정을 전파하며 살고 있다.

시련이 있었기에 긍정의 힘을 키울 수 있었다.

나에게 닥친 모든 시련에 감사하고, 이를 긍정의 힘으로 극복할 수 있었음에 감사하고, 긍정이 경쟁력이 되어 더욱 감사하다.

삶을 위대함으로 바꾸는
감사의 힘

수도꼭지를 틀면 수돗물이 콸콸 쏟아지듯이 감사하면
축복이 쏟아진다.

어느 책에선가 읽은 글이다. 나는 그 글을 읽으면서 '나도 넘치
는 축복을 받아야겠다.'고 결심하고 나에게 주어진 소소한 일상
에서부터 감사를 찾을 수 있는 훈련을 했다. 잠자리에 들기 전에
감사했던 일들을 떠올리며 감사의 기도를 하고 잠자리에 들었
다. 또한 감사한 일들을 글로 적고 반드시 이를 말로 표현하려고
애를 썼다.

원을 운영할 때의 일이었다. 원 근처에 있는 김밥천국에서 갈
치조림을 배달시켰다. 배가 그리 고픈 것도 아니었는데 그날따라
갈치조림의 맛이 예술이었다. 비린 맛도 전혀 나지 않았고, 갈치
조림 전문점처럼 갈치 살도 통통했으며, 적당히 매운맛이 식욕

을 돋게 했다. 입에 넣으면 씹지 않아도 살살 녹는 것 같았다. 늦게까지 일하면서 몸과 마음이 탈진되었는데 맛있는 갈치조림 덕분에 온몸의 세포가 빠르게 회복되는 느낌이었다.

"와! 3,500원으로 이렇게 행복을 느낄 수 있다니. 하나님, 감사합니다. 오늘도 탁월한 선택을 하게 해 주셔서 감사합니다. 입에서 살살 녹는 갈치조림을 먹으면서 행복을 느낄 수 있어서 감사합니다."

언제부터인가 감사가 몸에 배어 소소한 일상에서도 감사가 터져 나왔다. 하나님께도 감사하고 갈치조림을 맛있게 만들어주신 사장님께도 감사했다. 감사는 표현해야 한다고 책에서 읽었기에 메모를 남겼다.

사장님, 갈치조림 맛있게 먹었습니다. 너무 맛있어서
행복 에너지가 불끈 생겼어요. 다시 힘내서 열심히 일할
수 있을 것 같습니다. 맛있는 갈치조림을 해 주셔서 감
사합니다.

메모와 함께 원에 있던 사탕 몇 개를 봉투에 넣어 그릇과 함께 밖에 내놓았다.

며칠 뒤 야근을 하다가 또 갈치조림이 생각나서 다시 시켰다.

1인분을 시켰는데 거의 2인분의 양이 배달되어 왔다. 배달이 잘 못 온 것 같아 전화를 했다.

"사장님, 1인분 시켰는데 2인분이 온 것 같아요."

"1인분 맞습니다."

"양이 다른 날보다 많은데요?"

"전에 맛있다는 메모와 사탕을 주셔서 일부러 많이 드렸으니 맛있게 드시고 힘내서 일하세요."

"어머! 정말 감사합니다." 그날도 폭풍흡입을 하면서 맛있게 먹었고 감사 메모와 함께 그릇을 밖에 내놓았다.

"울리지 않는 종은 좋은 종이 아니고 표현하지 않는 감사는 감사가 아니다."라는 이야기가 있듯이, 감사는 표현해야 한다. 감사를 표현하면 좋은 점이 많다. 일단 표현하는 순간 몸에서 긍정 에너지가 나온다. 감사의 말을 들은 사람도 행복의 에너지를 얻게 된다. 행복의 에너지를 전해 받은 사람은 그 행복 에너지를 나에게 다시 돌려준다.

10년 동안 감사 일기를 쓰면서 많은 기적을 체험한 오프라 윈프리에 대한 이야기를 전하고자 한다.

오프라 윈프리는 흑인이고 어린 시절 찢어지게 가난했었다고 한다. 친척 오빠와 친구들에게 성폭행도 당했다. 14살에 임신을 하여 미혼모가 되었으나 출산 2주 만에 아이를 잃게 된다. 몸무게도 100kg이 넘었다. 희망이 전혀 없어 보이던 인생을 보내던 중에 책을 읽으면서 희망을 찾게 되고 감사를 생활화하면서 기적 같은 체험들을 많이 했다고 한다. 그녀는 피부색에 따른 인종 차별이 심했던 미국에서 25년 동안 자신의 이름을 걸고 오프라 윈프리 쇼를 진행했다.

이는 세계 140개국에서 방영되면서 토크쇼의 여왕이라 불렸다. 2003년 초 해리스 여론조사에서 1998년과 2000년에 이어 미국인들이 가장 좋아하는 TV 방송인으로 뽑히고 2012년에는 4년 연속 '고수익 유명인' 1위에 오르기도 했다. '세계에서 가장 영향력 있는 인사 100인'에 선정되기도 했다. 오프라 윈프리는 꾸준하게 감사 일기를 쓸 것을 제안한다. 감사 일기를 쓸 때 행복해지고 긍정으로 무장할 수 있고 나아가 행복한 성공을 할 수 있다고 강조한다.

감사 일기는 거창한 것을 쓰는 것이 아니다. 일상의 소소한 일 중 5가지를 기록하면 된다.

나도 살면서 감사의 위력을 느낀 적이 많기에 연구원들과 감사 목록 1,000개 리스트 작성을 함께 하고 있다. 각자 하루에 5개씩 감사 목록을 기록한다. 감사 목록을 함께 쓰다 보니 미루지 않고 쓰게 되고, 팀원들의 소소한 감사를 통해 생각지 못한 나의 감사 거리를 발견하면서 감사할 일이 늘어난다.

혼자서 할 때는 못 쓰는 날도 많았는데 함께 쓰니 거의 매일 쓰게 되어 정말 좋다.

또한 말로 하기에 쑥스러운 감사도 글로 자연스럽게 남기면서 관계도 더욱 좋아지는 것 같다. 나는 아침에 출근하자마자 쓰고 연구원들은 퇴근 직전에 작성해서 업무일지와 함께 작성하고 있다.

나는 감사할 줄 모르면서 행복한 사람은 한 번도 만나
보지 못했다.

- 지그 지글러

지그 지글러의 이야기에 동의한다. 내가 아는 행복한 사람들도 작은 일에 감사할 줄 아는 사람이 대부분이기 때문이다. 감사하는 삶을 사는 사람들은 작은 행복을 큰 행복으로 만드는 마법의 힘이 있다. 그리고 그 행복은 또 다른 감사를 불러오고 그 감사는 다시 행복을 불러오는 선순환을 이룬다.

제5장 상처가
사명이 되어

제5장은 상처를 극복하는 가운데서 자연스럽게 생긴 저의 사명에 대한 이야기에요.

하나님은 저에게 시련도 주셨지만 넘치는 복과 함께 많은 사명도 주셨다는 것을 알게 되었어요.

세상에는 원래 길이 없었다고 합니다.

한 사람이 걸어가고, 두 사람이 걸어가고, 세 사람이 걸어가면서 차츰 그곳이 길이 되었다고 합니다.

상처가 사명이 된 저의 이야기가 같은 길을 가는 유아교육인들에게 한 줄기 빛이 되기를 희망합니다.

아이들이
행복한 세상을 꿈꾸며

원감님 한 분이 어느 날 강의 후 질문을 했다.

"소장님. 개인적으로 궁금한 내용이 있는데 질문 하나 드려도 될까요?"

"네. 하세요."

"오늘 강의와 관련된 질문은 아니에요."

"그럼 어떤 질문일까요? 살짝 긴장되네요."

"이곳이 유아행복연구소이잖아요. 기관명을 참 잘 지으신 것 같아요."

"감사합니다."

"개인적으로 궁금한 점은 유아행복연구소 소장님은 유아의 행복을 위한 조건은 무엇이 있다고 생각하시는지 궁금해요."

"음. 유아의 행복을 위해서는 좋은 부모, 좋은 교육 환경, 좋은 교사가 필요하다고 생각해요. 제가 말하는 좋은 부모란 경제적인 능력이 있는 부모를 말하는 것은 아니에요. 자녀의 기질을 인정하고 있는 그대로 존중하면서 부모가 주고 싶은 사랑이 아니라 자녀가 원하는 사랑을 주는 부모님이 좋은 부모라고 생각해요."

"그럼 좋은 교사는요?"

"좋은 교사는 아이들의 개인차를 인정해 주는 교사이지요. 꽃 피는 시기가 제각각이듯, 아이들의 기질과 변화 시기도 모두 다르기 때문에 반드시 개인차를 인정하면서 교육해야 합니다. 또한 유아들의 잠재된 능력을 발휘할 수 있도록 장점은 구체적으로 칭찬해 주고 실수를 할 때는 격려와 긍정의 언어로 자존감이 무너지지 않도록 도와주는 교사가 좋은 교사라고 생각해요."

"그럼 좋은 교육 환경의 조건은 무엇인가요?"

"시설이 좋은 원이나 대형 원이 좋은 원의 기준은 아닌 것 같아요. 원의 규모에 상관없이 아이 사랑과 교육에 대한 사명감을 가지신 원장님과 선생님이 지도하는 곳이라고 생각해요. 그리고 부모에게 보여 주기 위한 교육보다는 아이들이 행복해하는 교육이어야 하고, 교육 과정에서 일률적인 교육이 아니라 개인차를 인정할 수 있는 교육이어야 한다고 생각합니다."

"결국 좋은 부모, 좋은 교사, 좋은 교육 기관의 공통점은 아이 사랑과 개인차 인정이네요."

"와우! 긴 내용을 모두 기억하고 한 줄로 요약하는 멋진 능력이 있으시네요."

"별말씀을요. 소장님이 쉽게 설명을 해 주신 거죠. 소장님답게 완벽하게 대답을 해 주셨네요. 감사합니다."

"유아들의 행복을 위한 조건을 말하라고 하면 사실 수없이 많지만, 저에게 가장 중요한 것을 꼽으라고 하면, 앞서 말씀드린 부분입니다. 부모나 교사로부터 사랑을 받고 있음을 느끼고, 있는 그대로의 기질을 인정하고 존중하는 교육을 받으면 아이들의 자존감이 상승하면서 행복감도 상승하기 때문이지요. 현장에서 유아들을 직접 지도하면서 느낀 경험담이랍니다."

"저도 현장에서 10년 이상 아이들을 지도하면서 느낀 부분이기에 소장님의 생각에 동의합니다. 강의 후 피곤하신데 질문을 드려 죄송하고 답해 주셔서 감사합니다."

유아들이 행복하려면 좋은 부모와 좋은 교사에게 교육을 받아야 한다. 그래서 우리 연구소에서는 좋은 부모, 좋은 교사를 위한 역량 강화 교육 자료에 대해 연구하고 교육하고 있다.

교사나 부모님들께 직접 교육도 하지만 전국의 많은 원을 다니는 데 한계가 있기 때문에 원장님들을 상대로 교육하면서 원에 가서 지속적으로 교육할 수 있도록 자료를 제공하고 있다.

또한 유아들의 자존감과 자신감 향상을 위한 발표력 프로그램을 지속적으로 연구하여 원에 제공하고 있다. 그리고 부모나 교사들이 좋은 책의 내용을 접하고 생각하고 실천하면서 작은 변화와 성장을 할 수 있도록 '책 나눔 편지'를 매주 화요일마다 연구소 카페에 올리고 있다.

어린 시절 나는, 부모나 어른들에 의해 자존감이 낮아지면서 불행하다는 생각을 하며 자랐다. 교사를 하면서 나처럼 자존감이 낮은 아이들을 돕겠다는 마음에 다양한 교육 방법을 접목했다. 아이들을 돕기 위해 시작한 교육이었는데, 내가 먼저 성장하는 계기가 되었다.

나는 아이들이 작은 변화를 보여 줄 때 정말 행복하다. 내 생애 마지막 순간까지 아이들이 행복한 세상을 살아갈 수 있도록 돕는 일을 할 것이다.

리딩 메신저의
삶을 살리라

『1시간에 1권 퀀텀 독서법』을 쓴 김병완 작가는 삼성전자에서 10년 이상 연구원으로 직장 생활을 했다. 그러던 어느 날 갑자기 안정된 직장을 포기하고 3년 동안 도서관에서 거의 칩거하다시피 하며 만 권의 책을 읽었다.

그 후 3년간 60권의 책을 출간하면서 '신들린 작가'라는 호칭까지 얻었다. 본인이 독서를 통해 인생을 바꾸었기에 대한민국을 독서 강국으로 만들겠다는 사명감을 가지고 독서 혁명 프로젝트를 하고 있다고 한다.

김병완 작가의 책을 읽으면서 참 멋진 사람이란 생각이 들었다. 나 또한 책 속에 길이 있고 희망이 있다는 것을 발견한 사람이니 내가 몸담은 분야에서 '리딩 메신저'로 살아가겠다고 결심했다.

일단 2018년 12월에 '재능 기부 독서 강의'를 기획하고 있다.

요즈음 유아교육인들이 정말 힘든 시간을 보내고 있기에 책을 통해 희망과 긍정을 전파하고 싶다. 원장님과 교사들에게 도움을 줄 수 있는 책부터 골라 재능 기부 강연을 하면서 독서에 대한 관심을 가질 수 있도록 도와드리고 싶다.

독서 재능 기부를 하기 위해서는 준비가 많이 필요하기 때문에 조금 더 의도적으로 독서 시간을 확보하려 노력하고 있다. '재능 기부 독서 강의'를 하겠다는 결심을 한 후로는 아무리 바빠도 하루에 두 시간씩 독서를 하는 것이 나의 의무가 되었다.

책을 많이 읽긴 했지만 내가 읽은 책을 체계적으로 기록하지 못했다. 기록하지 않다 보니 읽었던 책인데도 처음 읽은 것 같은 느낌이 드는 책도 많았다.

'재능 기부 독서 강의'를 하기 위해서는 자료가 풍부해야 한다. 그래서 2018년 5월부터 나만의 밴드에 독서 일기를 쓰고 있다. 독서 일기에는 제목, 읽은 날짜, 소감, 기억에 남는 문장, 실천할 일 한 가지 등을 기록한다.

나만의 밴드에 기록한 독서 일기는 한 부씩 출력하여 파일에 정리하고 있다. 기억할 문장 세 가지와 책을 읽고 실천하겠다고 작심한 부분은 다시 출력하여 시선이 머무는 곳(소장실, 주방, 화장실 등)에 붙이는 작업도 하고 있다. 눈에 보여야 실천이 쉬워지기 때문이다.

현재 100권 정도 기록했고, 10년 안에 3,000권까지 도전할 생각이다. 3,000권을 읽고 기록하고 같은 분야별로 100권씩 파일 하나에 모으는 것을 목표로 하고 있다. 3,000권이 목표이니 총 30개의 독서 기록 파일을 만들 것이다. 그리고 그 파일을 우리 아들과 딸에게 유산으로 물려줄 것이다. 돈보다 더 귀한 가치가 있는 유산이 될 것을 확신한다.

"배워서 남 주나."라는 말은 언제부터인가 "배워서 남 주자."라는 말로 바뀌었다고 한다.

열심히 읽고 작성한 독서 일기와 나의 실천 사례를 12월부터 메일, 카페, 밴드 등을 통해 유아교육인에게 전파할 생각이다.

책을 읽었기에 꿈을 가질 수 있었다.

책을 읽었기에 긍정의 힘으로 살게 되었다.

책을 읽었기에 감사하는 삶을 살게 되었다.

책을 읽었기에 늘 '어떻게'를 생각하면서 더 나은 방법을 찾았다.

책을 읽었기에 절망의 순간에도 희망을 품고 견딜 수 있었다.

책을 읽었기에 책 속에서 얻은 지혜로 후회할 일들을 덜 만들면서 살 수 있었다.

책을 읽었기에 세상을 읽을 수 있었다.

책을 읽었기에 앉아서 행복을 기다리지 않고 행복을 찾아 나섰다.

책을 읽었기에 자녀들에게 좋은 본보기가 되는 부모가 되기 위해 노력할 수 있었다.

책을 읽었기에 부모들과 상담을 잘할 수 있었다.

책을 읽었기에 고통을 고통으로 보지 않고 그 뒤에 올 축복을 기대하며 견딜 수 있었다.

책을 읽었기에 책 나눔을 통해 교사들과 한 방향으로 걸어갈 수 있었다.

책을 읽었기에 강사 시절에 자료를 아낌없이 줄 수 있었고, 그래서 성장할 수 있었다.

책을 읽었기에 불행 중에도 행복을 선택할 수 있었다.

책을 읽기 싫으신 독자들은 세계적인 동기 부여 연설가 브라이언 트레이시의 이야기를 기억하면 조금 더 동기 부여가 되리라 생각된다. 그는 강연을 통해 "일 년 동안 매일 두 시간씩 자신이 일하는 분야와 관련된 독서를 하면 2년 안에 연봉을 두 배로 올릴 수 있다."고 말했다. 그의 이야기에 나는 100% 동의한다. 나도 책을 통해 나의 가치와 연봉이 향상되었고, 날마다 모든 면에서 조금씩 나아지게 되었으니까.

하나님은 나에게 시련도 주셨지만 넘치는 복도 주셨다. 복을 주시면서 많은 사명도 주셨다.

유아교육인들을 위한 리딩 메신저로 살아가는 일도 나에게 주신 사명 중 하나라고 생각한다. 책을 읽으면서 힘든 시간을 보내고 있는 유아교육인들이 조금 더 행복해지길 꿈꾼다.

다시 태어나도
이 길을 가리라

다시 태어나도 지금까지 걸어온 길(교사, 원장, 강사, 작가)을 그대로 걸어가고 싶다.

앞에서 언급했듯이 단순히 아이들이 좋아서 이 길을 가는 것이 아니라 내가 사랑하는 아이들이 행복한 유아기를 보내는 데 공헌하고 싶다. 그래서 원장님들을 대상으로 강의할 때보다 교사 교육을 할 때 더 불타는 사명감을 느끼게 된다. 왜냐하면 유아 교사들의 역량에 따라 아이들의 행복이 좌우된다고 생각하기 때문이다.

교사 교육 시 내가 자주 하는 이야기가 있다.

"혹시 '세상에 태어나 가장 잘한 일이 무엇입니까?'라는 질문을 받아 보셨나요? 누군가 여러분에게 묻는다면 여러분은 무엇이라고 대답하실 건가요? 저는 서슴없이 '교사의 길을 선택한 것입니다.'라고 말할 것입니다. 교사이기에 겪게 되는 애로 사항도 많지만, 얻게 되는 장점도 많기 때문입니다. 교사의 장점을 이야기하려면 20가지 이상 이야기할 수 있지만 오늘은 일단 다섯 가지 정도만 이야기해 볼까요?"

나의 이야기에 대부분의 교사들은 눈빛을 반짝이고 일부 교사들은 부정적인 눈빛으로 나를 바라보면서 '어떤 이야기가 나올까?'라는 반응을 보여 준다.

"첫째는 '고객이 왕이다'라고 하는데 우리의 직업은 고객인 아이들을 뜻대로 할 수 있는 직업이지요. '자리에 앉아요.' 하면 앉지요. '먹어야 해요.'라고 하면 먹지요. '줄을 서요.'라고 하면 줄을 서지요. 말을 안 듣는 아이들도 가끔 있기는 하지만 대부분의 아이들이 우리의 뜻에 따라 움직여 주잖아요. 가끔 3세나 4세 아이들을 울려 놓고 '누가 그랬쪄요?' 하면서 더 울게 만들고, 울던 아이를 꼭 끌어 안아주면서 바로 그치게 만들고. 우리의 고객은 왕이 아니고 순수한 천사들이고, 우리는 그 천사들의 스승이라는 사실이 가장 큰 장점이라고 생각해요. 동의하시나요?"

"네."

천사들의 스승인 선생님들에게 해맑은 대답을 듣고 난 후, 이어서 이야기한다.

"두 번째는 우리의 일이 직업의 세 가지 목적을 충족하고 있다는 사실이지요. 직업의 세 가지 목적은 '재화 획득, 자아실현, 사회에 대한 기여도'로, 중학교 2학년 때 배웠던 걸로 아는데 혹시 기억나시나요? 그런데 한 번쯤 생각해 보셨나요? 모든 직업이 세 가지 목적을 모두 충족할까요?"

나의 질문에 교사들은 잠시 생각에 잠긴다.

"잘 생각해 보세요. 재화 획득만 될 뿐, 자아실현이 안 되는 직업도 많고, 사회에 기여는커녕 오히려 해가 되는 직업도 많아요. 그런데 우리의 직업은 재화 획득도 되고, 이렇게 교육에 와서 배우고, 원에서 일어나는 다양한 상황들을 통해 성장하며 자아실현이 되는 날들이 많죠."

"네!"

선생님들의 공감을 이끌어 내면서 나는 우리 직업이 가지고 있는 세 번째 장점을 이야기한다.

"세 번째 장점은 자녀 교육에도 도움을 받을 수 있다는 것입니다. 월급을 받으면서 자연스럽게 부모의 역할을 배우게 되지요. 이상한 부모들을 보면서 '저렇게 키우는 것은 옳지 않아.'라고 생각하며 배우고, 정말 멋지고 현명하게 자녀를 키우는 부모님들을 보면서는 '나도 자식을 낳으면 저 엄마처럼 키워야지.'라는 생각을 한 번쯤 해 보셨죠?"

나의 질문에 교사들은 또 입을 모아 "네."라고 대답한다.

"네 번째는 예전만큼은 아니지만, 그래도 우리의 직업은 선생님 대접을 받으며 존중받는 직업입니다. 다섯 번째는 점심 메뉴를 걱정 안 해도 된다는 거예요. 우리는 한 달 식단표도 미리 알잖아요? 아이들 챙기느라 10분 안에 흡입하듯 먹어야하는 아픔이 있기는 하지만요."

나의 이야기에 교사들은 공감하기도 하고 아픈 미소들을 짓기도 하면서 다양한 반응을 보여 주었다. 그들의 반응에 신이 나면 몇 가지를 추가로 더 이야기하는 경우도 있다.

"다섯 가지 외에도 많아요. 몇 가지만 더 이야기하면, 천진난만한 아이들이 하는 말과 행동 덕분에 우리는 늘 웃고 살잖아요. 어떤 아이는 엄마 손을 잡고 가다가도 뿌리치고 선생님께 달려오죠? 저처럼 이렇게 하이힐 신고 근무하지 않아도 되죠? 사계절을 즐길 수 있는 직업이기도 하지요. 봄에는 꽃구경, 여름에는 물놀이, 가을에는 단풍 구경, 겨울에는 눈썰매까지……."

사계절을 즐길 수 있는 직업이라는 말에 교사들은 까르르 웃으면서 "맞네. 맞아."를 연발한다.

"교사라는 직업의 장점들을 이렇게 말하는 것은, 하고 있는 일의 장점을 제대로 알고 있을 때 작은 일에 상처 받지 않으면서 자부심을 가질 수 있고 열정을 불태울 수 있기 때문입니다. 여러분이 걷고 계신 이 길은 여러분이 선택한 일입니다. 여러분의 선택은 정말 옳습니다. 앞에서 이야기했듯이 우리의 직업은 직업의 세 가지 목적을 모두 충족시키며 유아들의 인생에서 가장 중요한 시기의 교육을 담당하고 있습니다. 다른 일을 하면 쉬울까요? 쉽기만 한 일이 있을까요? 상처를 전혀 받지 않고 할 수 있는 일이 있을까요? 어떤 일을 해도 상처는 있을 수 있습니다. 누가 뭐라고 해도 상처 받지 마세요. 그리고 흔들리지 마세요. 미래를 책임질 유아들을 교육하고 있는 우리는 대한민국의 애국자입니다. 그러니 우리가 선택한 길, 즐기면서 갈 수 있죠?"

"네!"

교육을 하다보면 교실에서 아이들과 수업을 하는 것처럼 즐겁고 행복하다. 참 순수한 유아교사들!

사실 선생님들에게 하는 이야기는 탁상에서 나온 이론이 아니라, 내가 교사 시절 때 마음속으로 나에게 했던 말들이 대부분이다. 그래서 교사들과 함께 울고 웃으면서 공감대를 형성할 수 있는 교사 교육인 것이다.

나는 다시 태어나도 세상에 유익을 주는 나의 천직인 교사, 원장, 강사, 작가의 길을 갈 것이다.

아무도 오르지 않은
암벽을 향해

10년 전 크리스마스에 강헌구 교수가 쓴 『가슴 뛰는 삶』을 읽으면서 나의 가슴 속에도 둥둥 북소리가 울려 퍼졌다.

아무도 오르지 않은 길을 올라가라. 길이 없으면 새로운 쪽으로 길을 내면서 가라. 아무도 가지 않았던 코스로 자일을 박으며 암벽을 기어올라라.

아무도 가지 않은 코스에 자일을 박으며 암벽을 오르려면 고통도 크겠지만, 오른 후에는 그 거친 암벽을 내가 최초로 오른 기쁨과 성취감으로 가슴이 터지는 듯한 희열을 느낄 것이다.

"저 암벽은 절대 오를 수 없을 거야."라고 말하던 사람들이 내가 오른 그 암벽을 보면서, "고선해가 갔다면 나도 갈 수 있어."라고 말하며 자신감을 가지고 도전하는 모습을 보면 벅찬 기쁨을 느낄 수 있을 것 같다는 생각이 들었다.

나는 거친 암벽을 포기하지 않고 올라가 정상에 선 나의 모습을 상상하면서 호흡이 가빠지는 경험을 했다.

중요한 사실은 내가 이 책을 읽은 시기가 2008년이었고, 초보 강사라 눈에 보이는 성과도 없던 시절이었다는 것이다. 경제적으로도 어려운 상황이었다.

거금(?)을 투자받아 광고했지만, 수강생이 한 명만 온 적도 여러 번 있었다. 아이들을 변화시킨 나만의 필살기인 발표력 교수법도 알아주는 사람이 많지 않았다. 돌이켜보면 무슨 자신감으로 그런 상황에서 아무도 가지 않은 암벽을 오르겠다는 생각을 했는지 모르겠다(지금은 하나님의 도우심과 독서의 힘이었다고 믿는다).

10년이 지나 『가슴 뛰는 삶』을 다시 읽으면서 소름이 돋았다. 무모한 자신감으로 오르기 시작한 암벽이었는데 지금은 몇 개의 암벽을 오르는 데에 성공했고, 이제는 새로운 암벽을 또 오르기 위해 준비 운동을 하고 있다는 것을 알게 되었기 때문이다.

첫 번째 암벽은 말하듯이 나의 책들이다.

10년 동안 여러 권의 책을 썼다. 2008년에 쓴 『자녀는 부모의 믿음만큼 자란다』는 10년 동안 꾸준히 판매되면서 믿지 못할 기록을 세웠다. 2008년만 해도 유아 교육계 강사님들이 집필에 관심이 없었던 시기였기 때문에 책 출판은 블루오션 시장이었다(지금은 많은 강사님들이 책을 출판하고 있다).

자녀를 키우는 부모 대부분이 자신의 지식과 경험을 전적으로 옳다고 생각하면서 아이들을 교육하고 있다. 때로는 아이들에게 상처를 주면서도 죄책감을 느끼지 않는다.

또한 자녀의 성장 속도에 따라 책을 읽고, 부모와 자녀에게 맞는 방법을 찾는 양육을 해야 하는데 막무가내식으로 아이들을 훈육하는 것이 안타까웠다.

부모님들이 책을 사지 않을 것도 알았기 때문에 원장님이 구입하여 부모들에게 선물을 줄 수 있는 방법을 생각한 것이었다.

두 번째 암벽은 강의 후 모든 자료를 제공한 것이다.

앞서 이야기했듯이 2013년까지는 다른 강사님들이 PT(오리엔테이션, 부모 교육) 자료나 강의 중에 보여 준 영상 자료들을 제공하지 않는 경우가 많았다. 그러나 나는 2008년부터 강의에 사용한 모든 자료를 제공했다. 처음에는 메일로 보내 드렸고, 2010년부터는 CD에 넣어 교육장에서 바로 제공해 드렸다. 바쁜 원장님들이 원에 가서 자료를 만들기 쉽지 않다는 것을 경험을 통해 알고 있었기 때문이다.

2012년 '부모 교육 고급 과정'을 광주에서 6주간 원장님들과 진행한 후, 모든 자료와 강의 동영상을 제공해 드리자 한 원장님이 나에게 질문하셨다.

"소장님이 주신 자료 가지고 제가 여수에서 부모 교육 다녀도 돼요?"

"그럼요. 사용하라고 드린 자료인걸요?"

"우리 원만이 아니라 여수 지역에 있는 다른 원에 출강 가서 써도 되냐는 이야기에요."

"그럼요. 부모 교육 강의를 하시는 분들이 많으면 좋지요."

"제가 소장님의 경쟁자가 될지도 모르는데 괜찮아요?"

"저는 부모 교육 말고도 여러 종류의 강의를 하고 있어서 원장님과 경쟁을 하게 될 것 같지 않아요. 부모 교육을 진행하는 원장님들이 많아지면 저는 그만해도 돼요. 하고 싶은 일들이 여러 가지 더 있거든요. 그래서 부모 교육 강사님들이 더 많아졌으면 좋겠어요."

"역시 소장님은 성공할 수밖에 없는 마인드를 가지고 계시네요."

"과찬이십니다."

그분은 현재 다른 사업과 함께 부모 교육을 왕성하게 하고 있다.

전국에 있는 많은 부모가 모두 교육을 받을 수 있으려면 지금보다 훨씬 많은 강사가 움직여야 한다. 아니, 모든 원장님이 부모 강사가 되어 원의 부모들부터 체계적으로 교육해야 한다. 그래서 열심히 부모 교육 강사 스쿨을 개설했다. 많은 원장님들이 원에서 실천했고, 원에서 실천하면서 사명감을 느끼신 원장님들이 전문 강사로 활동하고 계셔서 좋다.

내가 먼저 오른 암벽에 또 다른 이들이 오르고 있어 기쁘다.

세 번째 암벽은 발표력 프로그램 프랜차이즈다. 자존감이 낮은 유아기를 보냈기에 아이들의 상처가 눈에 보였다. 상처가 있는 대부분의 아이는 나처럼 자존감이 매우 낮다는 것을 알게 되었고, 그래서 나는 그들을 도와야 한다는 사명감을 가졌다.

세상은 험하고 본인의 의사와 상관없이 상처받을 일이 수두룩한데 자존감이 낮으면 점점 더 자신 안으로 움츠러든다는 것을 알기 때문이었다.

자존감이 낮은 아이들을 돕기 위한 교수법을 연구하다가 원장 직강의 발표력 수업을 했는데, 우리 원의 대표 프로그램이 되었다. 발표력 수업으로 아이들의 변화가 보이자, 부모님들이 원의 모든 프로그램을 신뢰하는 계기가 되면서 경쟁력 있는 원이 되었다.

강사가 된 것 또한 발표력 프로그램 덕분이었다. 원장으로서 원에서 발표력 수업을 하고 있을 때 입소문에 입소문을 타고, 전국의 원장님들 앞에서 발표력 수업을 하게 되었던 것이다. 그것도 교재 한 권 없이.

보통 교재 시장은 책을 팔고 난 후에 교육을 한다. 그러나 발표력 수업에서 현재 사용하고 있는 교재는 교육 후에 원장님들의 요청으로 만들어졌다.

교육 후 책이 만들어지는 경우는 많지 않다. 그래서 기쁘다. 발표력 수업의 교재는 교육 후에 실천하신 원장님들의 인정과 필요에 의해 만든 교재였기에 10년 동안 지속적인 발전이 있었다고 생각한다.

나는 새로운 길이 보이면 위험하다는 생각보다는 호기심에 일단 발걸음을 뗀다. 그러면 주위에서 걱정을 한다.

"가지 마. 길이 없으면 어쩌려고 그래?"

"가다가 더 이상 갈 수 없으면 다시 돌아오면 되죠."

"다시 돌아올지도 모르는 길을 뭐 하러 힘들게 가?"

"길이 없다는 것을 알았으니 새로운 길을 찾게 되겠죠. 길이 없어 다시 돌아오더라도 보람은 있잖아요. 아무도 가지 않은 길이었으니 저만의 특별한 경험을 할 수 있었고 길을 오가며 지혜도 생겼으니까요."

원과 연구소를 운영하면서 모든 일이 척척 풀리지는 않았다.

강헌구 교수님의 말처럼 아무도 오르지 않은 거친 암벽을 오를 때는 숨도 차고 힘에 겨운 순간도 있었다. 그러나 고통을 극복하고 나면 기쁨이 있을 것을 알기에 포기하지 않았다.

너무 앞서서 가는 새로운 길에 시행착오도 많았으나 늘 얻는 것이 있었다.

그렇기에 나는 앞으로도 새로운 암벽 오르기를 지속해서 시도할 계획이다.

여전히 숨에 차고 힘에 겨운 순간들이 오겠지만 또 얻는 것이 있으리라는 확신이 있으므로.

상처가
사명이 되어

'상처가 사명이 된다'라는 주제로 책을 쓰면서 "세상에서 벌어지는 모든 일에는 이유가 있다."라는 말을 여러 번 떠올렸다. 51년의 인생을 살아오면서 내가 받았던 모든 상처로 인해 성장하게 되었고, 지금의 성과를 낼 수 있었다는 것을 절절하게 느끼는 요즘이다.

가장 큰 성과로는 자존감이 낮은 어린 시절을 보냈기에 앞에서도 언급했듯이 '자존감 쑥쑥 발표 교실'이 세상에 나오게 되었다는 것이다.

나를 예뻐해 주셨던 김영실 교수님은 내가 만든 '자존감 쑥쑥 발표 프로그램'을 보시고 격려와 칭찬을 아끼지 않으셨다.

"선해야. 어떻게 이런 좋은 프로그램을 만들었니?"

"저처럼 눈치를 보면서 소리 내어 울지도 못하고 자기의 생각을 표현하지 못하는 아이들을 보면서 도와주어야겠다는 생각으로 만들게 되었어요."

"가르쳐야 한다는 생각이 아니라, 도와주어야겠다는 생각을 했다고?"

"네. 제가 만약 평범한 가정에서 자랐다면 상처받은 어린 영혼들을 도와주어야겠다는 마음보다는 가르쳐야 한다는 마음이 앞섰을 것 같아요. 그런데 제가 상처받은 장본인이기에 저절로 알게 되었어요. 가르치는 것보다 중요한 것은 마음을 읽어주고 사랑을 주는 과정이 먼저라는 것을요. 그래서 아이들의 마음을 읽어주고 사랑을 적극적으로 표현해 주려고 노력했어요. 아이들은 있는 그대로 인정하며 사랑해 줄 때 마음의 문을 열어주거든요. 그때가 교육할 수 있는 적당한 시기라고 생각했어요."

"오늘 선생님이 우리 선해한테 정말 큰 것을 배웠다. 선생님도 가르치는 방식에서 벗어나 학생들을 도와주려 노력하는 교수가 되어야겠다는 결심을 하게 되는구나. 네가 만든 수업을 많은 아이가 받았으면 좋겠구나."

엄마와의 이별, 새엄마와의 생활, 아빠의 죽음, 동생과 헤어짐, 낮은 자존감 등 어린 시절 상처와 아픔이 많았기에 내가 가르치는 아이들은 불행으로부터 자신을 보호할 수 있도록 교육해야겠다는 사명을 갖게 되었다.

내가 좋아하는 아이들이 행복한 세상을 살아가는 데 작은 공헌을 하고 싶다는 마음으로 걷게 된 교육자의 길이었다. 내가 만든 교수법들이 교육 교재를 탄생시켜 주었고, 강사가 되는 또 다른 길을 열어 주었고, 지금은 소장과 작가로서 살게 해 주었다. 상처가 나를 성장시켜 준 것이다.

"세상의 모든 일에는 이유가 있다."는 말처럼, 나의 모든 상처 또한 분명한 이유가 있다고 생각했기에 상처를 상처로만 받아들이지 않고 사명으로 승화시킬 수 있었다. 그리고 나를 신뢰하며 14년간 지속해서 강의를 들어 주신 동행자, 원장님들이 계셨기 때문에 계속 강사의 길을 걸어올 수 있었다. 참으로 감사한 일이다.

열심히 뛰었다. 때로는 묵묵히 걷기도 했다. 잠시 그 자리에 서서 쉬기도 했다. 하지만 가던 길을 포기하지는 않았다. 그러던 어느 날, 내가 걸어왔던 길을 뒤돌아보았다. 여러 사람이 함께 걷고 있었다.

'내가 가는 길이 맞구나.'라는 확신이 드는 순간이었다.

이제 나는 이 책을 통해,
나의 곁에서 흙먼지를 풀풀 날리며 함께 길을 걷고 계신,
발이 퉁퉁 부었지만 교육자의 사명을 다하고 계신,
그래도 풀꽃 하나 보면서 '희망도 하나 있겠지.'라는 생각으로 미소 짓고 계신 원장님들과 끝까지 함께하고 싶다.

교육자들이 걸어가야 하는 길이 황량해진다면 우리 아이들의 미래도, 우리 대한민국의 미래도 보장할 수 없기 때문이다.

그래서 나는 그들이 상처를 승화시키며 지금의 길을 계속 걸을 수 있도록, 길잡이가 되어 주고 싶다는 또 다른 사명감이 생겼다.

나의 모든 상처는 사명감이 되었다. 그래서 나의 모든 상처에 감사하게 되었다.

앞으로 남은 삶에도 위기는 반복해서 오고, 상처를 받게 되는 일들도 있겠지만, 하나님이 나에게 주신 달란트로 잘 이겨낼 것이다.

감사의 글

하나님. 가끔씩 말 안 듣고 떼쓰는 저 때문에 속상하시죠? 죄송해요. 그리고 감사해요. 오늘은 하나님께 감사한 것들이 참 많은 날이에요.

웃음, 긍정, 아이 사랑이라는 귀한 달란트를 주시고 그 달란트를 잘 활용하며 살 수 있도록 함께해 주셔서 감사드립니다.

"상처가 사명이다."라는 말을 믿을 수 있도록 하셔서 상처를 그대로 두지 않고, 힘든 순간들을 잘 극복해 나가며 깨닫게 해 주신 지혜들이 너무 많아요. 상처 주신 것마저 감사하게 해 주셔서 진짜 감사드려요. 그 위기와 절망의 순간마다 천사 같은 사람들을 선물로 보내주신 것도요.

계속 다른 명함들을 가지게 되었지만 같은 길, 한길로 쭉 가도록 인도해 주신 것도 하나님의 멋진 계획이셨어요. 그래서 같은 길을 가고 있는 유아교육인들에게 희망을 주며 조금이나마 도움을 드릴 수 있는 일을 할 수 있도록 해 주신 것에 깊이 감사드립니다.

우리 아이들을 사랑하는 마음으로, 교육자의 사명감으로, 저를 향한 변함없는 믿음으로 함께해 주신 원장님들이 계시지 않았다면 지금의 고선해도 있지 못했을 거예요. 유아행복연구소와 고선해를 응원해 주시는 동반자 원장님들께 머리 숙여 감사드립니다.

교육의 현장에서, 유아행복연구소에서 만나게 된 나의 필연들, 선생님들과 연구원들, 참으로 고마워요. 여러분이 계셨기에 제가 원장과 소장의 일을 더욱 분발해서 할 수 있었어요.

이은대 작가님으로 인해 제 삶에 대한 책을 쓰는 계기가 되었습니다. 제 삶을 들여다보는 글을 쓰면서 아파서 울고 대견해서 울고 참 많이 울었습니다. 하지만 글을 쓰면서 저 자신과 진정한 소통을 할 수 있었지요. '상처가 사명이 되어'라는 주제로 글을 쓸 수 있도록 잘 지도해 주서서 감사합니다. 나의 글이 누군가에게 위로가 될 수 있으리란 확신을 하게 해 주신 점도 감사드립니다.

어려운 상황이 닥치면 그 사람의 진심을 알 수 있다고 하죠. 회사가 쓰러지기 직전이었는데도 투자자가 아닌 동반자로 함께해 주신 네오 출판사 강태영 사장님. 그때 해 주셨던 사장님의 고민과 선택 덕분에 여기까지 올 수 있었습니다.

저의 글과 사명을 믿어 주시고 원고를 선택해 주시고 멋지게 편집해 주신 북랩 출판사 관계자분들. 정말 감사합니다.

저의 진심이 독자들에게 잘 전해질 수 있도록 마음을 다해 교정을 도와준 백미정 작가님께도 감사의 마음을 전해요.

'가족'이라는 이름으로 저의 모든 것을 지지해 주고 응원해 주는 남편과 아들 석부, 딸 수민이에게 감사와 사랑의 마음을 한없이 보냅니다.

마지막으로 저의 글을 읽고 희망의 미소를 짓고 계실 독자님, 미리 감사드려요.